KB063118

나는 어떻게 불쑥, 떠오르는 사람이 될까

나는 어떻게 불쑥, 떠오르는 사람이 될까

1쇄 발행일 | 2022년 11월 25일

지은이 | 서석화
펴낸이 | 정화숙
펴낸곳 | 개미

출판등록 | 제313 – 2001 – 61호 1992. 2. 18
주소 | (04175) 서울시 마포구 마포대로 12, B-103호(마포동, 한신빌딩)
전화 | (02)704 – 2546
팩스 | (02)714 – 2365
E-mail | lily12140@hanmail.net

값 15,000원

나는 어떻게 불쑥, 떠오르는 사람이 될까

서석화 지음

개미

칼디널스의 〈Mama〉를 들으며 원고를 마친다. 출판사로 송고하기 전에 퇴고를 하며 몇 날 며칠을 계속 들었던 곡이다. 유튜브에서 음악을 듣다가 우연히 듣게 된 곡, 당연히 처음엔 제목도 모르고 들었다. 그러나 전주가 길고 합창 부분이 하늘까지 들릴 것처럼 웅장한 이 곡에 나는 단박에 매료됐다. 노래를 부르는 칼디널스의 목소리, 칼칼하면서도 어린 아기 같은 응석과 떼를 부리는 듯한 칭얼거림이 나 같다. 나를 닮았다.

2019년 『이별과 이별할 때』를 출간한 후 삼 년, 나는 이 가을에 또, 감히, 새 책을 출간하는 용기를 낸다. 한국일보 오피니언 기명칼럼 서석화의 〈정중한 답장〉, 매일경제신문 칼럼 〈서석화의 푸른 화살표〉, 오피니언타임스(구, 논객닷컴) 칼럼 〈서석화의 참말전송〉에 연재가 되었던 글이 대부분이다.

내가 써 놓고도 내가 썼던 글을 불러내 다시 읽어보는 일은, 겨우 지나온 길 어느 지점을 다시 만난 것처럼 익숙하면서도 낯설었다. 그때의 시간으로 초대되어 반가운 이의 마중을 받는 것 같다가도, 억지로 끌려가 원치 않는 조우를 한 것처럼 낯설고 두렵기도 했다.

그러나,
태생적으로 안고 나온 내 외로움이 작가로서의 내 스펙이라고 하는 사람들이 생겨났듯이
외로움과 무서움과 막막함을 끌어안고 있는 사람들에게 그것이 당신의 힘이라고 말해주고 싶어
나는 이 글들을 세상에 내 놓는다.
당신들을 부른다.

때론 힘들고 때론 서러운 당신들을
때론 외롭고 때론 두려운 당신들을
별빛만큼의 온기와 그림자만큼의 응원이라도 필요한 당신들을
그래서, 나는 부른다.

칼디널스의 〈Mama〉를 볼륨을 끝까지 올려 들으며 노트북을

나는 어떻게 불쑥, 떠오르는 사람이 될까

덮는다.

　세상에 와서 '내 사랑'이 되어 준 가족과, 몇몇 귀한 인연들이 훗날 이 책으로

　하여 불쑥, 나를 떠올리고 그 가슴 데워지길!

　앞으로도 다가올 시간과 겪어야 할 계절들이 우리 모두와 사이좋게 지내길……!

　누군가에게 위로가 되고 응원이 되는 글을 쓰고 싶다는 바람이 기도가 되는 시간이다.

　첫 번째 에세이집『죄가 아닌 사랑』과 두 번째 에세이집『아름다운 나의 어머니』를 출간해 준 개미출판사에서 긴 시간이 흐른 후 다시 출간하게 된 이 책이 오랜 인연의 아름다움을 증명하는 증표가 되기를 소망한다.

2022년 11월
서석화

차례

동쪽 길
시 〈겨울바다 만리포〉
_____

서쪽 길
시 〈빈집〉

남쪽 길
시 〈기쁨〉

북쪽 길
시 〈소멸을 본다〉

동쪽
길

누군가!
나 여기 서게 한 이
각질 굳은 시간 위로 그믐달이 걸려 있다
수평선을 보았던가
갈매기는 날았던가
살아갈 날에 그림자 하나 심었던가
긴 머리 물에 적셔 그리운 사람
수초처럼 감았던가
온밤을 깨우는 파도 소리
내 목소리 만 리 밖까지 실어 날랐던가
한 줌의 달빛마저 휘어잡는 저 바람 끝
가문 하늘 뒤집고 해맑은 사람 섬으로 뜬다

누군가!
나 여기 서게 한 이
돌아선 시간 따라 익숙한 발자국이 걸어간다

— 서석화 詩 〈겨울바다 만리포〉 전문

거울아 거울아, 어디만큼 왔니?

오늘은 잘 있었냐고?

그동안 별일 없었냐고?

안부가 그리워

다가가 묻고 싶은 단 한 사람

내가 궁금하지 않냐고

보고 싶지 않냐고

그동안 가슴에 심겨진

그리움 한 조각 잘 크고 있냐고

묻고 싶은 한 사람

그 사람이 오늘은 참 보고 싶습니다

며칠 전 오랜 지인이 카톡으로 보내준 누군가의 글이다. 지극히 평이한 문장에 통제되지 않은 직설적 감정의 나열, 감상도 감동도 없이 건성으로 훑어 내렸던 이 글에 나는 지금 몇 날 며칠 붙들려 있다.

살면서 익혔던 거의 모든 사람을 세월이란 두터운 창고에 밀어 넣어놓고, 열쇠도 자물쇠도 어디에 둔 지 잊은 채 식물처럼 살고 있다고 자위해온 내가 비로소 읽혔다.

안부를 물어줄 사람, 안부가 궁금한 사람을 나는 아직 갖고 있는가.
오래 비워둔 명치 끝자리가 묵직하게 달아오른다.

계절이 바뀌고 있다는 자각, 세상의 시간이 한껏 얇아진 어떤 공간으로 성큼 들어서고 있다는 자각, 아니 내가 살아가고 있다는 자각은 그렇게 이 평범한 글로부터 왔다.

스스로의 존재조차도 마주 바라본 적 너무 오래 됐구나……
집안의 거울이란 거울은 몽땅 찾아내어 손목이 아프도록 닦고, 흡사 내가 그 안에 걸어 들어가기라도 할 듯이 바짝 붙어 서서 바라본 것도, 이미 줄줄 외워지는 이 글 때문이었다.
나는 글을 보내준 지인에게 이런 답신을 보냈다.

살아보니 세상을 살아가는 이유는

나는 어떻게 불쑥, 떠오르는 사람이 될까

그리 많지도 거창하지도 않은 것 같습니다.

그저 지탱하게 하는 몇 가지 기억……

막막한 시간 속에서도 아침을 맞고 저녁을 맞을 때

내가 궁금하지 않냐고, 보고 싶지 않냐고,

그 말을 묻고 싶은 사람이 있는 사람이

저였으면 좋겠습니다.

거울을 본다. 익숙하면서도 도무지 익숙해지지 않는 해답 불가의 내가 담긴다. 그리고 거울을 들고 움직일 때마다 나와 함께 담기는 내 뒤 풍경도 보인다.

깨닫는다. 거울은 그걸 바라볼 때 나만 담는 게 아니라는 걸. 바라볼 때의 시간과 내가 서 있는 장소, 그렇게 크든 작든 거울이란 나와 함께 내가 서 있는 뒤의 세상도 함께 담는다.

종일 서재에 있게 된 날, 책상 위에 세워 둔 작은 거울엔 컴퓨터 자판을 두드리는 나와 함께 사방 책으로 가득 찬 책장이 종일 함께 담긴다.

일몰이 끌어온 저녁이 좋아 맨발에 운동화를 신고 아파트를 나선 날엔, 주머니 속에 넣어 간 직경 8센티 콤팩트 거울에서 초저녁잠을 준비하는 하늘과 아스팔트와 고요한 나무들이 담긴 걸

본다.

사람이 그리워 오래전 함께 찍은 사진을 거울에 비춰보는 날엔, 그날 그와 함께 있던 벤치와 버드나무와 100원짜리 커피 자판기 컵과 무슨 말을 하며 저렇게 웃었는지까지도 다 담아 들려준다.

살아가면서 지금 서 있는 자리가 어딘지 몰라 막막할 때, 여기는 어디고 나는 누구일까? 도무지 이해하기도 싫고 납득은 더더욱 불가능할 때, 앞으로 앞으로만 걷다가 문득 더 이상 나아갈 수 없는 외진 곳 막다른 곳에 이르러 두 발 얼음처럼 굳어질 때, 작은 손거울이라도 있다면 잠시 들여다볼 일이다. 가시 박힌 발 뒤꿈치 뒤의 세상이 조용한 배경이 되어 거울 속에 나와 함께 담기지 않았는가.

어디만큼 왔는지, 어디에 있는지, 세상 누구도 답해줄 사람이 없다는 건 이미 오래전 터득된 아픔이었다. 그러면서 하나 둘 거울을 사 모았던 것 같다. 카메라가 정지된 시간을 찍어 보관하는 거라면, 거울은 흐르는 시간을 흐르는 대로 비춰주고, 보관된 자신이 아니라 찰나의 자신을 불시에 마주보게 한다. 그래서 설레고 그래서 아프다.

지나온 길 어느 한 모퉁이, 불현듯 투명한 그리움에 어디쯤에 내가 서 있는지 찾는 사람, 그 사람에게 한 손에 꼭 들어갈 작은 손거울을 사주고 싶은 봄날이다.

일본 시인 모치즈키 소노미는 그의 시에서 말했지 않은가.
"인간은 두 번 죽네/ 첫 번째는 죽어 재가 되었을 때/ 두 번째는 존재했음이 사람들에게서 잊혀졌을 때……"

두 번째 죽음이 오지 않는다면 사람은 늘 어디쯤에서 살고 있다……

포토라인은 거기만 있을까?

들끓는다! 온 나라. 온 시간, 온 풍경이.
짧은 네 글자 "포토라인"이라는 단어 하나에 집중한다.

사진을 찍고. 찍히기 위해. 잠시 멈추어 서는 선, 포토라인!
누군가는 생의 가장 화려한 순간을 기념하고 축하받기 위해,
또 누군가는 비참과 치욕과 굴욕을 증명하기 위해 서는 곳, 세워
지는 곳.

한 걸음 앞, 칭송과 덕담으로 한꺼번에 만개한 사계절 꽃향기
그득한 꽃길이 있는가 하면, 비난과 원망과 분노의 화살이 폭우
처럼 쏟아져 온몸이 빠지는 진창길도 준비되어 있는 매표소 같
은 곳.

대신 서 줄 수도 없고, 함께 서 줄 수도 없으며, 어떠한 방벽도
한 걸음 앞에 놓인 길에 우회로를 만들 시간을 마련해줄 수 없는

나는 어떻게 불쑥, 떠오르는 사람이 될까

곳. 그것이 이즈음을 사는 내게 최대 화두가 된 포토라인이다.

누구나 두 번은 자신의 생각이나 의지, 성과와 과오 상관없이 포토라인에 서게 된다. 어머니의 태를 열고 세상 밖으로 나오는 출생의 순간이 그렇고, 바로 그때 즉시에 이미 준비되는 죽음의 순간이 그렇다. 말이 없거나 말이 사라지는, 나이지만 내가 주인이 아닌, 따라서 그 어떤 다른 세상을 향한 혼자만의 출발선이 사람에게는 이미 그어져 있는 것이다.

그러나 그 두 번을 제외하면 어떤가. 사는 동안 자신이 서 있거나 서게 될 포토라인은 결국 자신의 기록을 누군가로부터 검증받는 지점일 수 있다. 자신의 의지보다는 타자의 시각과 검증으로 마련되는 자리, 동기와 상황에 대한 당사자의 진술보다는 업적과 과오에 대한 세간의 수긍과 인정이 요구되는 자리. 그것이 세상에서는 정의와 공정과 순결이라는 문패가 되어 화인처럼 뜨겁게 새겨지는 곳.

오래된 일기장을 순서대로 펼쳐놓고 읽어가고 있는 것도 그래서이고, 백일 사진 돌 사진이 있는 앨범부터 현재까지의 내 모습을 꼼꼼하게 다시 보고 있는 것도 그래서이다.

어디 일기와 사진뿐이겠는가. 오래된 편지와 오래 간직해 온 사물들에게 닿은 시선이 불러오는 그때 시간과의 홀로 조우 앞에서, 나를 더듬어보는 날은 그래서 많아졌다.

나는 어떤 포토라인을 거쳐 왔을까?
어떤 표정으로 무슨 말을 세상과 하늘에 남겼을까?
내가 거쳐 온 포토라인 앞에는 어떤 길들이 나를 맞아 지금 여기, 이 길을 나는 걷고 있는 걸까?
나를 찍고 내가 찍힌 세상의 카메라 속에는 내 어떤 모습이 엄중하게 담겨 있을까?

살아오는 동안 누구나 수없이 서야 했을 포토라인 앞에서 사람은 저마다의 외로운 섬이라는 생각을 해본다. 섬! 둘레가 물로 둘러싸인 육지. 세상이란 파도 속에서 천 길 만 길 빠졌다가 다시 올라오는 동안, 동서남북도 가늠할 수 없는 작은 땅덩어리가 되어 지구라는 세력의 한 켠을 채워주고 있는 작은 땅덩어리. 둘러싸고 있는 건 생태적으로 너무도 이질적인 물뿐, 그래서 섬은, 세상 속 한 사람 한 사람과 닮은 꼴이다.

포토라인 앞에 선 사람은 외롭다. 다이아몬드 펜던트를 훈장처럼 부착하는 자리이든, 주홍글씨를 수인번호처럼 만천하에 새기는 자리이든, 그는 혼자 다음 걸음을 떼야 하는 것이다. 라인 앞의 세상과 라인 뒤의 세상을 걸어가야 하는 이는 당사자 홀로 이다.

그런 생각이 이어져서일까? 포토라인 앞의 사람은 어쩌면 그가 아니라 나이고, 그들이 아니라 우리라는 생각이 건져 올려 진다. 그는 나와 상관없는 구경거리가 아니라, 내게도 있을지 모르는 빛남과 어두움을 나보다 먼저 들킨 사람이라는 생각도 뒤따라온다. 거기 그 사람 앞에만 있는 것이 아니라 여기 내 앞에, 자랑도 변명도 항변도 무력한 빙벽 같은 낭떠러지가 마련되어 있는 선.

자의든 타의든 수없이 받아왔을 세상의 플래시 속에서 우리가 서 있었던 수많은 포토라인. 앞으로도 사는 동안 숨 쉴 때마다 서 있게 될 포토라인을 오늘 미리 발끝에 그어본다.

누구나 포토라인 앞에 서 있다. 고백하자. 나는 어떤 길을 걸어 지금 이곳에 서 있는가.

과거는 신의 자비에, 현재는 신의 사랑에, 미래는 신의 섭리에 따른다는 말이 위로가 되는 봄날이다.

또, 꽃이 피네

문득, 보았다.

목련, 개나리, 아카시아, 탱탱하게 부푼 나뭇잎들……

비가 온다는 예보가 있던 날이었고 그래서 대낮인데도 하늘은 눅눅한 이불보다도 더 무겁게 내려 앉아 있던 날이었다.

세상은 돌아선 연인들의 등처럼 캄캄했고 적요했고 텅 빈 듯했다. 어떤 감정도 일어나지 않는 조용한 날이었다. 가고 있는 시간도 오고 있는 시간도 느껴지지 않는 홀로 서 있는 십 차선 횡단보도 앞처럼 그냥 어딘가에 붙박힌 것 같던 날이었다.

그때 보았다. 이미 만개한 세상!

30촉짜리 백열등 수만 개가 한꺼번에 점화되듯 꽃들이 피어나 있었다. 한 번도 거짓을 말하거나 남 탓 해보지 않은 어린아이 입술처럼 맑고 깨끗하고 부드러운 생명.

나는 어떻게 불쑥, 떠오르는 사람이 될까

그 환하고 아찔한 발견의 순간에 때마침 후드득, 한 계절을 미리 당겨 온 듯한 소나기가 내렸다. 아파트 앞 뒤 동이 빗줄기에 가려 긴 직사각형 실루엣으로 흐려져 갔다. 그 사이를 신생아의 젖 냄새 같은 꽃향기가 백 가지 색깔로 번져가고 있었다.

"또……."
"또……."

봄 소나기에 젖는 세상에서 "또"라는 외마디 부사어가 하루 종일 온몸의 핏줄을 타고 돌아다녔다. 뒤로 한참이나 다음 말이 빗줄기에 젖은 땅 속에서 맴돌았다. 날숨이 내쉬어지지 않는 시간, 내 집 거실 창 앞에서 나는 그날 "또"라는 단어를 들숨과 함께 거듭거듭 들이키고서야 다음 말을 토할 수 있었다. 비로소 깊게 날숨이 쉬어졌다.

"또……. 꽃이 피네."
"또……. 잎이 나네."
"또……. 사네."

또, 꽃이 핀 것이다. 또, 봄이 온 것이다. 또, 사는 것이다.
예순 번도 훌쩍 넘게 보아 온 세상의 사계가 왜 그렇게 충격의

맞닥뜨림으로 내게 왔을까? 피고 지고 다시 피는 게 꽃의 순환
성이고, 물오르고 말라가다 다시 숨을 일으키는 게 나무의 질서
이며, 그것이 세상의 무한한 영속성인데 나는 왜 놀랐을까?

그것은 재생과 순환의 의미를 무한대로 가진 "또"라는 단음절
때문이었다. 늘 써 온 단어였지만, 한 번도 주제어가 되어 보지
못한 채 상황을 강조하거나 거듭되는 상황을 나타낼 때, 그냥 습
관처럼 내뱉어지던 단어.

그런데 그날, 하늘은 캄캄하고 비는 내리는데, 발바닥부터 서
서히 그리고 저릿하게 치밀어 오르던 무엇, 그것은 감사와 감동
과 바로 뒤를 잇던 깊은 슬픔이었다.

"또"를 말할 수 있다는 건 살아 있다는 증거였고, 다시 보이고
느껴지는 모든 상황 속에 내가 속해 있다는 현실감이었다. 되풀
이되는 상황 안에 내 삶 또한 되풀이되고 있음을 나는 그날 그
짧은 "또"를 거푸 발음하며 처음으로 느낄 수 있었다.

그리고 바로 세상 속에서의 어머니의 부재가 한꺼번에 깨달아
졌다. 사지에 물주머니를 찬 것처럼 온몸이 출렁거렸다.
"또"를 말할 수 없는 세상 저편으로 훌쩍 건너가 버린 어머

　　　　　　　　나는 어떻게 불쑥, 떠오르는 사람이 될까

니……

왈칵! 울음이 터졌다.
'생명'이란 단어가 떠올랐다.
생명! 生命! 그것은 '살아 있으라는 명령'이라던 어느 소설가
의 글이 바로 지금 읽은 것처럼 어깨를 흔들고 있었다.

살아 있으니까 또, 라고 말할 수 있는 것이다.
살아 있으니까 어제 보았던 것을 또, 볼 수 있는 것이다.
살아 있으니까 어제 겪었던 것을 또, 겪게 되는 것이다.

또, 꽃이 핀다고
또, 잎이 난다고
그렇게
또, 산다고

아직 살아 있어야 하는 명령이 거두어지지 않은 이 시간, 그렇
게 말할 수 있는 우리는 얼마나 행복한가, 얼마나 감사한가.

어머니 돌아가시고 여섯 번째 어버이날이 지나가고 있다.
또, 카네이션을 사서 또, 가슴에 꽂아드리며 일 년에 한 번이

라도 '나실 때 괴로움 다 잊으시고/ 기르실 때 밤낮으로 애쓰는 마음/ 진자리 마른자리 갈아 뉘시며/ 손발이 다 닳도록 고생하셨네/ 하늘 아래 그 무엇이 높다 하리오/ 어버이의 은혜는 가이 없어라……' 〈어버이날〉 노래 가사를 기억에서 호출할 어머니가 이제는 세상에 없다.

좌우 사방 세상 모든 것이 또, 또, 또…… 되풀이되며 이어지는데……

벌써 또, 해가 비친다.

언젠가 내 아들도 "또"라는 외마디 단어를 붙들고 부모 없는 어버이날이 지나가고 있는 즈음에 또, 꽃을 보리라. 또, 잎을 보리라. 또, 그렇게 살아가리라.

"또"라고 말할 수 있는 시간이 허락될 때 더 많이, 더 뜨겁게, 더 귀하게, 살고 사랑할 일이다.

나는 어떻게 불쑥, 떠오르는 사람이 될까

어느 여배우가 행복한 이유

칠십이 넘은 어느 여배우를 보았다.

그녀의 십일 년 연상이었던 남편은 수년 전 세상을 떠났다. 평생을 '꽃 보듯' 자신을 사랑해준 남편이었다고 회상하는 그녀의 눈빛이 곱게 출렁였다. 두 자녀는 어머니의 일로 인한 부재중에도 잘 자라 제 몫의 길을 성실히 가고 있다고 했다. 거기다 홀로 남은 어머니를 아버지가 그랬던 것처럼 '꽃처럼' 가꿔주려 노력한다고. 그래서 자신은 홀로 있을 때조차도 흐트러지지 않으려고 노력하게 된다며 '꽃이 되어' 웃었다. 사랑받는 사람들이 그러하듯 그녀는 자신의 일에 평생 '당당하게' 집중할 수 있었다는 말도 덧붙였다.

배우란 타이틀이 빛나는 월계관이 되어 존중과 존경을 받는데 부끄럽지 않은 이 시대 최고의 연기자, 당연히 보답처럼 주어진 부와 명예, 사랑과 감사함으로 추억할 수 있는 먼저 간 남편을 가졌고, 그 남편의 사랑을 대물림하여 외로움을 철벽방어해 주는 자녀들을 가진 행복한 어머니.

그런 그녀에게 물었다.

"언제가, 어느 나이 때가 가장 좋았어요?"

그녀는 여자였다. 그것도 특별한 미모와 재능을 지녔던 여자였다. 당연히 지나간 나이나 그때의 미모, 기회 등이 혹 그립지는 않을까 하는 생각으로 바라본 것은 어쩌면 당연했다.

"지금, 지금이요."

잠시 정전이라도 된 것 같은 적막이 불쑥 찾아왔다.

"왜요? 왜 지금이 가장 좋으세요?"

'이제 당신은 결코 젊지 않고 따라서 예전의 미모도 기회도 거의 전설이 되지 않았는가' 하는 생각은 속으로 눌렀다.

그때 지체 없이 들려온 그녀의 대답.

나는 어떻게 불쑥, 떠오르는 사람이 될까

"이제 끝이 보이니까요. 끝이 보이니까 막막하지가 않잖아요."

끝이 보여 막막하지가 않다는 그녀의 말…… 순간의 적막이 일시에 걷어지며 요란한 알람처럼 나를 깨웠다.

나는 그녀가 하지 않은 다음 말을 내 안에서 울려오는 대로 적기 시작했다.

……젊었을 때는 내가 가는 길이 어디까지인지, 가다 보면 뭐가 나올지, 그 길에서 나는 어떤 차림으로 어떤 짐을 들고 있을지…… 알 수가 없잖아요? 그런데 지금은 아련하게라도 길 끝이 보이니까, 도착점이 보이는 길을 가니까 더는 막막할 이유가 없죠. 그래서 지금이 제일 좋아요.

끝이 보이지 않는 길을 걸었던 시절은 늘 불안했고 늘 위태로웠어요. 이제 거의 다 왔다는 생각 혹은 확신이 드니 태어나서 한 번도 쉬어보지 못한 큰 숨도 가끔 쉬어져요. 끝이 보인다는 건 확신이잖아요. 태어나서 지금까지 한 번도 가져보지 못한 일생일대의 이런 확신! 내 길의 끝을 내가 보고 있는 이 엄청나도록 비밀스러운 확신!

나이가 든다는 건, 태어나는 순간부터 층층이 쌓아올린 구름탑 같은 미망(迷妄)으로부터 헤쳐 나와, '나'라는 지극히 개인적인 길 끝을 발견하는 확신을 선물로 받는 거 아닐까요?

　그래서 좋아요. 이제는 젊지도 예쁘지도 않지만 내 길의 도착점을 향해 손 흔들 수 있으니까. 어디까지 가야 하는지도 모르고 가야 할 때보다는, 저만큼 남았구나 하며 가는 지금이 훨씬 힘이 나요. 이제 끝이 드디어 보이니까……

　그녀의 숨은 말에 얼마만큼 가까울지는 알 수 없다. '끝이 보여 막막하지가 않아 나이 든 지금이 제일 좋다'는 그녀의 짧은 대답에 너무 많은 사족을 붙였다는 생각도 없지 않다.

　하지만 누군가가 한 말에 그 자리에서 동화되고 몰입되어 줄줄이 내 속내가 건져 올려지던 때, 그럴 때가 있지 않은가.

　그날 무심코 돌린 TV프로에서 그녀를 인터뷰하는 장면을 보고 있던 내가 그랬다. 그녀의 나이까지는 아직도 족히 이십 년은 남았는데 말이다.

　지금 나는 내 길의 어디쯤까지 걸어왔을까?

　문득 아련하게 도착 푯말이 보이는 것도 같지만 금세 신기루가 되어 또 보이지 않는다. 하지만 중간중간 걸어 온 길을 알리는 안내 표지판을 수없이 지나쳐 왔으니, 꽤 많은 거리를 걸어

　　　　　　　나는 어떻게 불쑥, 떠오르는 사람이 될까

왔다는 것쯤은 알 수 있다.

언젠간 나도 내 길의 끝을 볼 수 있을 것이다. 그때 나도 그 여배우처럼 '지금이 제일 좋다'고 말할 수 있을까?

그러기 위해 나는 남은 길을 더 힘차게 걸을 것이다. 발목에 힘을 주고, 신발 끈 더 질끈 조아, 마침내 끝이 보일 때 전력질주로 달려가리라.

막막함은 길의 여정에 동반되는 겪어야 할 몫, 삶의 도반 같은 것,
지금 막막하고 혹 그래서 불안한가.
그렇다면 그대는 아직 가야 할 길이 많이 남아 있는 젊은 사람이다.

사람들 사이에 숫자 1이 있다

숫자 1!
가장 적은 수이면서 가장 큰 기대를 하게 하는 수.
가장 외로운 수이면서 가장 확장성이 강한 수.
가장 단순한 수이면서 가장 오지의 미로 같은 수.
그 숫자 1이 사람들 사이에 있다.

사람들에게 스마트폰이 자신의 심장처럼 살아 있음의 증표가
되고 존재의 확신이 된 세상이다. 이미 오래전 '손 전화'라는 신
기한 물건이 주어지면서 처음엔 사람들의 목소리로 거리는 붕붕
날아올랐다.

어느 거리 어느 장소에서도 발신과 수신이 가능하며 더구나
주머니에 넣고 다닐 만큼 작은 이 기계를 사람들은 혹 잃어버릴
세라 색색의 줄에 매달아 목에 걸고 다니기도 했다. 언제나, 어
디에서나, 상대를 호출할 수 있고 역시 그 대가로 자신도 상대에

나는 어떻게 불쑥, 떠오르는 사람이 될까

게 묶여야 하는 손 전화.

공중전화 부스 앞에서 줄을 서서 차례를 기다리는 동안 이미 달려간 마음으로 전신에 열꽃이 피던 희열 대신, 궁금증과 그리움을 줄이고 사유와 상상의 시간을 빼앗는 푸석함으로 세상의 온도를 낮췄다.

상대 목소리의 질감이나 간간이 섞이는 숨소리에 온 촉각을 세우며 다음 말을 준비하는 먹먹하도록 벅찬 순간은 그렇게 전설이 되어 갔다.

그러다 목소리가 차츰 잦아들었다.

사람들은 어느새 서로의 목소리를 잊어 갔다. 대신 글자로 서로를 읽기 시작했다. 한 자 한 자마다 풍경과 그 풍경을 따라 오는 사람을 맞이하듯 진정을 담아 써 보내는 '손 편지'를 떠올리는가. 그렇다면 그대는 백 년 전 세상에서 잘못 떨어진 유성과도 같다. 손 편지는 글이다. 하지만 나는 글자를 말하고 있다. '문자'가 도래한 것이다.

거대한 울림통을 지나 오직 한 사람에게, 역시 그의 오직 한 사람이, 전하고 싶은 말은 온도를 가지는 법이다. '글자 보내기'에 매료된 사람들의 체온이 내려가기 시작했다. 세상은 여름에서 가을을 잊고 바로 겨울이 되어 갔다.

몇 날 며칠을 목소리 한 번 안 듣고도 짧은 문자를 주고받으며 '우리 사이는 변함없다'고 안심하며 평안을 보장 받은 연인들. 만남의 약속도, 잘 자라는 인사도, 보고 싶다는 사랑의 말도, 따끈한 목소리가 아닌 글자로 읽으며 서로에게 눈사람이 되어 간 연인들이 줄줄이 물이 되어 사라졌다.

그러나 문자는 최근까지 오랫동안 수신자의 확인 유무를 그에게서 회신이 오지 않는 한 발신자가 알 수 없었다. 때문에 발신자는 몸과 마음에 늘 여진이 존재할 수밖에 없었다.

이런 여진을 혹자는 애틋함이라 불렀고 혹자는 마음을 당기는 자력 운운하기도 했다.

그리고 나타난 카톡!
전대미문의 이 소통 방식에 사람들은 열광한다.
즉각적인 의사 교환이 가능한 건 물론이고 상대의 확인유무까지도 정확하게 알 수 있는, 그래서 일체의 궁금증과 함께 상상이 폭을 넓히는 고행의 시간으로부터 자신을 해방시켜주는, 이 단순 명쾌한 기능에 사람들은 기꺼이 순종한다.

나는 어떻게 불쑥, 떠오르는 사람이 될까

당연히 애틋함과 마음을 당기는 자력이 저만치서 등을 보이고
역사 속으로 멀어져 간다.

카톡!
자신의 존재를 알리는 소리.
한꺼번에 피어나는 봄꽃 같은 울렁임으로 나 여기 있다고 알
려주는 소리.
혼자 있던 세상이 그 소리 하나로 '너'도 불러오고, '우리'도
만들며, 계속되는 수만큼 세상을 긴 탯줄로 엮는 소리.
백 마디 소리쳐 부르는 절규보다 단 이 음절뿐인 이 소리가 더
신속하게 고개를 돌려 그 진원지로 달려가게 한다.

카톡!
누군가가 부르는 소리, 누군가의 당도를 알리는 소리, 누군가
의 마음이 건너오는 소리.
대부분 반갑고 더러는 고맙고 또 드물게는 구급대 사이렌처럼
진저리를 치게도 하는 소리.

카톡!
소리를 듣고 확인하는 순간 발신자에게 수신자의 현재를 들키
는 소리.

전송과 동시에 자신이 띄운 카톡 창 옆에 떠오르는 숫자 1을 상대 마음의 문패처럼 만나는 발신자.

문패 앞에서 초조하게 제자리를 맴도는 발신자의 시간.

숫자 1이 사라진다.

'당신을 읽었다'고 말하지 않아도 이미 수신자의 현재가 그에게 보여 지고 만다.

숫자 1이 사라지지 않는다.

수신자는 아직 개봉 전이고 문패는 더 완강하게 벽의 두께를 늘린다.

오늘. 천 년쯤 오래된 옛 기억을 두드리며 모음도 자음도 낯선 옛 장소의 사람이 카톡으로 내 앞에 선다.

'잘 지내는지…… 비가……' 스마트폰 창에 뜬 카톡 알람에 눈과 손이 동시에 '그곳'을 향한 출발 라인에 선다.

하지만 긴 시간 이미 그 줄기가 길어진 저 강을 어떻게 건널 것인가. 버튼을 눌러 남은 말을 읽지 않는다.

그의 창엔 숫자 1이 완고한 수문장처럼 서 있으리라.

숫자 1!

가장 적고

가장 외로우며

나는 어떻게 불쑥, 떠오르는 사람이 될까

가장 단순한 수.

언젠가 내 카톡 창에서 내가 보낸 카톡 앞에 지워지지 않은 채로 서 있는 이 숫자를 만난다면 짧게 한 줄 더 써 보내리라.

그 마음 읽혀져 나 이제 가볍다고!

세상이 자꾸 얇아진다.

느낀다. 그게 진짜 말(言)이다

말을 거의 하지 않고 살고 있다. 일상을 꾸려가는 형식적이고 의례적인 말을 말하는 게 아니다. 전 우주를 통틀어 하나밖에 없는 유일무이한 존재인 나 자신의 속마음, 내 안에서 우러나오는 지극히 개인적이고 따라서 지극히 주관적인 내 생각과 관점을 말하는 것이다. 그래서일까? 입안에서만 맴돌다 삼켜지는 말들이 결국은 그 발원지를 찾아 깊고 내밀하게 스며든다. 그렇게 내 안의 세상이 조금 더 안전해진다. 조금 더 깊어진다. 조금 더 편안해진다.

대신 두 배로 듣는다. 들으면서 상대의 주위에 자욱이 깔리고 있는 그의 느낌들을 집중해서 느끼기 위해 애쓴다. 목소리의 높낮이와 쉼표가 들어가는 지점, 한숨이나 웃음이 간혹 말 사이에 들어온다면 그 지점에 같이 머물려는 노력을 한다. 들은 말에 내 나름의 어떤 생각도 덧붙이지 않는다. 그러다보니 자연스럽게 단 한 번의 호응의 추임새도, 행간에 궁금하게 잡히는 어떠한 질

나는 어떻게 불쑥, 떠오르는 사람이 될까

문도 하지 않는다. 그냥, 하는 말만 듣는 입장의 나를 고집한다.

이런 것은 태생적인 나의 습성이기도 하지만 살아오는 동안 '말'이 '소통'과 비례하는 것은 아니라는 것을 체득한 때문이라는 게 더 솔직한 것 같다. 세상은 어차피 타자들의 집합체, 한 사람에게서 발화된 말이 청자에게 일 프로의 왜곡도 없이 그대로 전달되고, 더욱이 화자의 심정이나 바람이 그대로 수용되는 청자란 지구상엔 존재하지 않는다. 그렇다면 '말'만큼 지난하고 쓸데없는 것이 없다는 결론이 났다.

뜻이 왜곡되고 진심이 폄하되는 소통의 절벽에서 저편의 하늘에 대고 소리쳐 본 기억이 누구나 있을 것이다. 내게도 있었다. 그때 나는 내가 한 말의 문장을 모두 불러내 단어 하나하나 초성 중성 종성을 꿰맞추며 상대의 이해와 납득을 갈망했었다. 그러면서 깨달았다. 말이란 내게서 나가는 순간 내 것만은 아니며, 내 목소리를 따라 흘러나오는 순간부터 각기 다른 옷을 입고 각기 다른 시간을 거쳐 각기 다른 차림새로 청자에게 도달한다는 것을.

아마 그 후부터였을 것이다. 나는 세 사람이 모이면 그중에서 제일 적게 말을 하는 사람이 되었다. 단 둘이었을 때도 그 입장은 변하지 않았다. 늘 듣는 입장이었고, 내게서 나간 말이 없기 때문에 상대의 수용여부나 공감여부에 복습하듯 내가 한 말을 다시 생각하지 않아도 되었다. 당연히 돌아오는 길은 허탈하지 않았고 이후의 시간 역시 불필요한 무게감으로 무겁지 않았다.

말이란 신문의 헤드라인 같은 것! 그래서 나는 신문도 이미 눈에 뜨인 헤드라인을 억지로 외면하며 기사부터 읽는 편이다. 이미 각인된 큰 글씨야 어쩔 수 없다 해도 기사를 읽다보면 말초적인 감각을 거머쥐는 헤드라인 안에 얼마나 많은 다른 내용이 들어 있는가. 인터넷을 떠도는 정체불명의 판은 더 말할 것도 없다. 자극적으로 포인트를 확대해 문패로 건 제목을 얼결에 눌렀다가 엉뚱하다 못해 불쾌했던 적 너무 많았다.

이런 나에게 사람들은 그들만의 일방적인 말로 나를 분석, 해석, 결론 낸다. '입이 무거운 사람, 속이 깊은 사람, 잘 들어주는 사람……' 이런 것은 긍정의 의미일 수 있겠지만 반대의 경우도 많이 당한다. '차가워 친해지기 어려운 사람, 세상 바깥에 서 있는 것 같은 사람, 아무한테도 관심 없는 사람……' 거기에 교양 깊은 주석을 더 다는 사람들도 있다. '천상천하유아독존 홀로 독야청청……'

나는 어떻게 불쑥, 떠오르는 사람이 될까

나는 어느 쪽일까? 그들이 하는 말을 그대로 받아 적긴 했지만 이 또한 그들로 보면 청자인 내가 바르게 듣고 이해한 건지는 사실 알 수 없다. 언젠가부터 유행어처럼 쓰고 듣는 '워딩'이란 단어, 주로 앞에는 '정확한'이라는 듣는 사람으로선 강요에 가까운 수식어가 붙는 단어, 하지만 그 '정확한'에 말로 글로 표현되지 못한 음절과 음절 사이, 문장과 문장 사이의 의미라는 것은 삭제되어 있는 단어, 그래서 나는 워딩이란 신출귀몰한 신조어를 거부한다.

　때문에 나는 사람들로부터 어떤 말을 들어도 내게 들린 음성만 기억하지 않으려고 노력한다. 한 문장 뒤 잠시 정적이 있었다면 그 정적이 간직하고 있는 또 다른 말과 생각까지도 들으려는 노력을 하는 것이다. 말이란 발화된 순간에 얼마나 많이 본인의 뜻과 의지를 배반하는가. 진심은, 속뜻은, 말과 말 사이 말없음표 안에 숨어 있는 것이란 걸 깨달았을 때, 내 관심은 그가 지닌 눈빛과 그가 기울인 등의 각도와 그가 서 있는 땅의 온도로 옮아갔다. 그렇게 말로부터 멀어졌고 편해졌다.

　오늘도 사람들은 말을 한다. 그러면서 소통부재라는 한탄을 또 말로 한다. 말이 돼야 말을 하지, 라며 또 그 '되는' 말을 찾으려고 말에 말을 늘인다. 말 수는 많아지는데 듣는 사람은 점점 더 뜻을 몰라 마음으로는 천 리 밖으로 도망가는 행렬에 기꺼이 동참하는 이 불가사의한 말의 홍수! 소통이 절실해 대화가 필요하다고 생각한 사람들이, 없는 시간 쪼개 마주앉아 문법에 오류 없는 말잔치를 벌이다가, 점점 더 꼬여 자리를 박차고 일어나게 되는 경우를 우리는 너무도 많이 봐 왔다.

지금 옆에 있는 사람이 있는가. 그렇다면 말없이 잠시라도 그의 마음을 짚어 그 길을 따라가 볼 일이다. 그리고 그 길에서 만나게 되는 단어를 죽 나열해보라. 그것이 그가 진정 당신에게 하고 싶은 말일 테니.

반대의 경우도 추천한다. 어느 이에게 하고 싶은 말이 있는가. 그렇다면 말없이 그에게 옆자리를 내어주고 그저 쉬어지는 숨소리만 들려줘 보라. 그는 어느새 당신이 하고 싶은 말에 준비된 답을 마음으로 적고 있을 테니.

나는 어떻게 불쑥, 떠오르는 사람이 될까

remind 1984

은혜의 당신 海!

이렇게 부르기로 했습니다.

부르고 나니 저는 이 이름이 참으로 마음에 듭니다. 잠 깨이지 않은 미명의 시간에 마시는 커피처럼 알싸한 슬픔이 뚝뚝 묻어나는 듯한 느낌. 아! 오랜만에 숨이 제대로 쉬어지는 평화를 느낍니다. 슬픔도 완벽하면 평화롭다는 걸 이제 알 것 같습니다. 어금니 아프도록 물지 않아도 입 속에서 자연스레 호명되는 은혜의 사람. 물보다도 부드럽고 조용하게 제 반평생을 지켜주신 당신의 깊은 마음에 오늘밤은 무릎 꿇고 경배를 올립니다. 그러고 싶습니다.

무슨 장소, 무슨 풍경, 무슨 시간, 무슨 일이 우리에게서 지나갔으며, 역시 현재도 어떤 이야기, 어떤 역사, 어떤 흔적이 현재라 외치며 우리에게 보이고 들리는지요. 길을 나섰는데 손을 어디다 뭐야 할지 몰라 헤매다가 무심코 집어넣은 주머니에서 열 손가락보다 마음이 먼저 편해지던 기억, 당신은 제게 그런 주머니 같은 사람입니다. 그래서이겠지요? 생은 살만 하고 먹장처럼 진한 후회도 가끔은 제가 피운 꽃처럼 아름답습니다.

은혜의 당신 海!

우리는 서로에게 어떤 역사를 남기고 세월이란 사관은 우리의 무엇을 기록하고 있을까요? 소스라치게 놀란 한기에 소름 돋은 몸으로 눈뜬 새벽, 짙고 깊지만 탁하지 않은 한숨이 고요히 깔리던 게 기억납니다.

그리고 저를 봅니다. 당신을 봅니다. 그런 우리가 이 세상을 지나가고 있습니다.

은혜의 당신 海!

성당 미사를 가면 환해지는 슬픔에 아주 자주 먹먹하게 앉아 있게 됩니다. 그러면서 세상에서 가장 슬픈 단어가 제겐 '먹먹함'으로 기억될 거라는 거, 알고 말았지요. 눈물이 터졌습니다. 울음소리 당신께 전해지길 빌었던 것도 같습니다.

은혜의 당신 海!

저는 이후로도 그 어떤 규정된 단어로는 제 마음의 길을 표현하지 않으려 합니다. 표현할 적절한 말을 찾지 못한 자책도 하지 않겠습니다. 그냥 어떤 느낌, 느껴지는 것! 아주아주 부드럽고, 아주아주 조용하며, 아주아주 슬프고, 아주아주 귀한 느낌으로, 지니고 살려 합니다. 그냥…… 마음이 가는 길에서 살다 생이 끝나면 그냥 거두어지길 바랄 뿐입니다. 그럴 수 있다면요.

　당신, 海! 은혜의 사람, 다시 새벽입니다.
　하늘 한쪽이 아주 붉습니다. 일몰에만 노을로 하늘이 붉은 것이 아니라 새벽에도 저리 하늘은 붉게 타오른다는 것을, 또 깨닫게 하는 당신입니다. 당신이 평화롭기를 바랍니다. 당신의 평화가 저의 평화로, 우리 아들 내외와 손자의 평화로 이어지길 추신으로 덧붙이는 기도가 오늘도 쉬어지지 않습니다.

굴이 아니다. 터널이다

"굴속이야. 들어갈수록 깜깜해. 나가는 문도 없어. 하늘도 땅도 보이지 않아. 머리와 발바닥이 붙어버린 것 같아."

대학 동창 J의 SOS.

나는 이유를 묻지 않았다. 대신 혼잣말 같은 웅얼거림만 반복하다가 전화를 끊었다.

"터널이야. 굴이 아니야. 터널이 긴 것뿐이라고."

어머니 돌아가신 후, 가장 큰 변화가 있다면 하늘을 바라보는 시간이 많아진 것이다. 그것도 그냥 무심히 보는 게 아니라, 샅샅이 훑는다. 길을 가다가도 조금만 구름 모양이 특별하다 싶으면 저절로 멈춰지는 발걸음, 혹시나 내가 못 보고 있나 제자리에서 전후 사방으로 뱅뱅 돌며 하늘을 살핀다. 어머니를 찾는 것이다.

저 하늘 어딘가에 계실 어머니…… 그리운 내 어머니의 숨결

나는 어떻게 불쑥, 떠오르는 사람이 될까

과 목소리와 따뜻한 체온까지 하늘 아래에서 그렇게 나는 느끼고, 듣고, 만지며, 사는 동안 가장 힘든 시간을 지나왔다.

무심히 흐르다 또 무심히 모아지는 구름도 내겐 어머니의 몸짓 같고, 새벽과 대낮과 일몰의 하늘 색깔도 역시 내겐 어머니가 보내는 전언 같아 그때마다 카메라 셔터를 누른다. 당연히 스마트폰엔 헤아릴 수 없이 많은 하늘 풍경이 저장되어 있다.

나는 그렇게 어머니를 보낸 대신 하늘을 온통 내 것으로 하면서 어머니 슬하에 살고 있는 나를 느껴왔다. 저 하늘이 내 머리 위에 있는 한, 내가 저 하늘 아래에 있는 한, 나는 어머니를 잃은 게 아니라고 스스로를 위로하고 스스로를 다독이면서 말이다.

그런데 오늘 그녀의 전화를 받았다.

틀에 박힌 말이 아니라 구름 한 점 없이, 정말 파래도 너무 파란, 그래서 하늘 전체가 짙푸른 빛깔의 거대한 블랙홀 같은 모습에 사로잡혀 있던 시간이었다. 전화벨 소리에 깜짝 놀랐던 것도 내 온몸과 마음이 저 하늘 어딘가로 향하는 문으로 빨려 들어가고 있는 것 같은 강한 느낌 속에 있었기 때문이었다. 저 하늘을 통과하면 분명히 어머니가 계신 세상이 있다는 확신이 든 날이기도 했다.

태어난 게 삶의 입구로 들어온 거라면, 죽음은 다른 세상으로 가는 출구라는 생각도 뒤따랐다. 땅이 생명의 입구라면 하늘은 또 다른 생명을 얻는 출구다…… 처음으로 사람이 죽으면 '저 세상으로 갔다'고 하는 항간의 말이 앞뒤 좌우가 참인 진실로 다가왔다. 죽음이라는 출구를 통해 하늘 바깥의 어느 세상에 당도하는 게 모든 생명 있는 것들의 인생이고, 하늘 바깥의 어느 세상이 '저 세상'이라면 지금 내 어머니는 그곳에 가 계신 것이다. 길고 무거웠던 슬픔에 조금씩 빛이 들어오고 있었다.

그러자 하늘 아래 모든 것이 터널이라는 생각이 들었다. 터널은 시작과 끝이 있는 공간이다. 따라서 들어간 곳이 있으면 나가는 곳도 있다. 아무리 긴 터널이라도 계속 걷다보면 끝나는 지점이 나오게 돼 있다. 아무리 깜깜한 터널이라도 걷다보면 출구가 가까워지므로 희미하게라도 빛이 들어오는 걸 그래서 느낀다. 그리고 그 빛은 점점 더 밝아진다. 그러나 굴은 다르다. 끝나는 곳에 새로운 세계로 향하는 그 어떤 열린 공간도 가지고 있지 않다. 들어갈수록 깊고 깜깜한데다 미로로 이어진다. 돌아 나오려해도 첫 지점조차도 못 찾기 일쑤다. 당연히 들어갈수록 어둠과 막막함에 갇힌다. 출구가 없는 공간이기 때문이다.

'어떻게 그 힘든 시절을 지나왔는지 모르겠다'는 어르신들의

나는 어떻게 불쑥, 떠오르는 사람이 될까

무용담을 들은 기억을 누구든 갖고 있을 것이다. 아무리 힘든 시기, 힘든 상황도 끝나는 출구가 있어 지금은 다른 시기, 다른 상황으로 자신이 편입되었음을 뜻한다. 그런 자에게서 느껴지는 안도감과 자신감은 길고 어두운 시절을 지나온 자일수록 더 빛난다.

그분들이 예사로 하시는 그 말씀을 통해서도 삶이란 터널이라는 생각을 굳히게 된다. '지나왔다'는 건 '거쳐서 나왔다'는 것이다. 즉 계속 걸으면 나가는 문이 또 있더라는 말에 다름 아니다. 어둡고 답답하고 악취 나는 공간이지만 열심히 사력을 다하여 걷다보면 끝이 보이는 환한 곳이 반드시 나온다는 희망의 전제를 가지고 있지 않은가.

지금 굴속에 있다는 친구에게 긴 메일을 보내야겠다는 생각이 든 것은 그 때문이다. 오랜 지기이니만큼 나는 그녀가 지나온 길에서 마주쳤던 불행이나 아픔의 고비를 잘 알고 있다. 어쩌면 지금이야말로 '거쳐 온' 그 고비들을 들추어 펼쳐 보여줄 때가 아닐까 한다.

"그것도 지나왔잖아. 그때도 나가는 문이 있었잖아. 길고 어두웠던 만큼 출구를 통해 들어오는 빛은 더 환하고 눈부셨잖아. 다

터널이었잖아. 우리가 태어나서 열 살, 스무 살, 마흔 살, 예순, 이렇게 나이를 먹는 것, 태어날 때 겨우 삼십 센티 자정도로 땅으로부터 가깝던 키가 일 센티, 십 센티, 일 미터 이렇게 하늘에 가깝게 위로 자라는 것, 살아오면서 있었던 많은 일들이 과거의 일로 회상되는 것, 그거 다 나가는 문이 있는 터널이기 때문에 진행된 거야.

굴이었다면 들어왔던 데로 다시 돌아나가야 하거나, 길조차도 잃어버려 갇혀만 있었겠지. 그랬다면 우린 벌써 화석이 되었거나 그조차도 사라진 잠깐의 그 무엇이 되고 말았을 테고. 겪어야 할 일이 많다는 건 아직도 네가 걸어야 할 터널이 길다는 거 아닐까?

이제 점점 조금씩 밝아질 거야. 터널엔 출구가 반드시 있잖아. 너 알잖아? 그래서 지금 너 살아있는 거잖아? 죽음도 굴이 아닌데 어떻게 삶이 굴일 수 있어? 다 터널이야. 그냥 걸어. 걸으면 나와. 터널은 끝난다고. 우린 이미 나이만큼 많은 터널 지나와 봤잖아?"

다시 하늘을 쳐다본다. 조용하고 깊고 너무도 맑은 가을 하늘이 거실 창문을 열고 천장 가득히 들어오고 있다.

삶은 터널이다. 절대로 굴이 아니다. 터널 저쪽 세상에 어머니

나는 어떻게 불쑥, 떠오르는 사람이 될까

가 있다. 이 짙고 붉은 그리움의 터널도 충실히 겪고 견뎌내면 언젠가 기쁜 해후가 출구 저쪽의 세상에 마련되어 있으리라.

누구나 자기만 가진 헛간이 있다

누가 내 몸 안에 헛간을 들이는가

가슴에 망치질 소리

온 밤이 들끓더니

휑한 헛간 한 채 등불도 없이 서 있다

윤기 잃은 하늘 주저앉은 그 안엔

하루 종일 별들 죽어가는 소리

벽을 흔들고

가문 땅바닥엔 손금처럼 희미한

길을 덮은 바람

빛 잃은 약속을 매어놓고 간다

자고나면 또 그만큼 넓어진 그 안엔

밤새 꾹꾹 짜서 널어놓은

가파른 목마름

나는 어떻게 불쑥, 떠오르는 사람이 될까

못 이룰 꿈으로 펄럭이지만

사랑이란
크고 어두운 헛간 한 채 지어가다
결국은 그 안에 내가 갇히는 것
그림자도 내버린 캄캄한 헛간이
이제 나를 삼킨다

사라지는 시간이
빗장 걸리는 소리에 놀라
한바탕 울고 있다

— 서석화 詩 〈내 마음의 헛간〉 전문

　도시에서 나고 자란 나는 사실 '헛간'을 모른다. '헛간'이라고
발음해보면 입술 안에서부터 허허로워지며 갑자기 빈 몸이 된
것처럼 한기가 느껴지는 단어. 국어사전에는 '명사이며 문짝이
없는 광'을 이른다고 나와 있다.

　문짝이 없으니 언제든지 들고나는 바람과 먼지, 그 사이를 스
치듯 지나가는 사람들의 무의미한 시선, 그 자리에 있음에도 있

음에 대한 존재 한번 드러내지 못하는 곳. 보호받지 못한 모든 것이 그렇듯이 저절로 흘러간 시간과 저절로 지나간 기억의 자국만 녹슨 놋그릇처럼 푸르고 흐리게 떠돌고 있는 곳.

헛간!

집안에서 가장 허름한 곳! 그러나 버리기엔 아깝고 또 언젠가는 쓰일 지도 모르는 물건을 그냥 넣어두는 곳. 그러다 긴 세월 한 번도 쓰지 않은 물건은 먼지에 덮여 구석에서 잊히는 곳. 문짝이 없으니 누군가 거저 집어가도 그만이나 울안에 있으니 내 영토인 것은 분명한 곳. 집안을 발칵 뒤집고도 못 찾은 물건이 결국 발견되는 마지막 장소.

그래서 그랬구나. 그래서 글자를 써 놓고 바라보기만 해도 저절로 한데 나와 있는 것처럼 추워졌구나. 나는 '헛간'에 매료되었다.

누구나 마음 안엔 자신만의 헛간이 있을 것이다. 헛간에서 먼지에 덮여가는 시간, 사랑, 꿈…… 그러면서 우리는 스스로 헛간이 되는 건지도 모른다. 사라지는 시간, 잊어지는 사랑, 포기했던 꿈을 문짝도 없는 마음의 광에다 밀어넣어 놓고, 버리기엔 아깝고 쓰기엔 번거로워 문짝도 만들어 달지 않은 채 외면해온 건 아닐까?

"사랑이란/ 크고 어두운 헛간 한 채 지어가다/ 결국은 그 안에 내가 갇히는 것"이라고 나는 썼다.

어찌 사랑뿐이겠는가? 살면서 시시각각 갈증을 일으키게 하는 모든 것들, 삶이란 결국 헛간의 넓이를 키우는 과정일지도 모른다는 생각을 한다. 그러나 분명한 건 '헛간'이란 쓰레기 처리장이 아니라는 사실이다. 아직은 쓸 만하고 언젠가는 필요하며 손질하면 새 것보다 더 유용할 수도 있는 물건을 넣어두는 곳이 헛간이다.

아파트 베란다 한쪽에 있는 창고가 그렇지 않은가. 물론 잠금장치까지 달린 튼실한 문이 달려 있고 집 내부에 있으니 문짝이 없는데다 실외에 있는 헛간과는 차별이 되겠지만, 내 개인적인 느낌은 거의 같다.

창고에 들여놓는 물건일수록 포장을 더 견고하게 해 놓는 건 나만의 아이러니일까? 상처 나면 안 돼. 깨어지면 안 돼. 잃어버리면 안 돼. 꼭 다시 필요할 거야. 그런 마음이었다. 그러면서 나는 여러 겹으로 싸고 또 쌌다. 그러고도 불안해 테이프까지 칭칭

둘러 내용물을 꼼짝 못하게 가두었다. 그러다 어느 날 그 어떤 기억이 찾아와 그 갈피를 더 깊이 들춰보고 싶을 때, 창고 문을 열고 그 앞에서 물끄러미 안을 들여다보고 있는 나를 만난 적 많았다.

아무리 두껍게 포장하고 테이프로 감아 오랜 세월 밀어 넣어 두었어도, 그리고 그런 것들이 여분의 틈도 없이 꽉 찼어도, 나는 창고 안의 물건이 무엇인지 또렷이 기억하고 있다. 3단 높이 창고 제일 위 칸, 중간 칸, 그리고 아래 칸에 넣어둔 품목과 취급 주의사항까지도 줄줄이 외워진다. 그것이 무엇이었는지조차 알 수 없이 흘러간 시간의 두께를 생각하면 신기한 일이 아닐 수 없다.

오늘 내 마음의 헛간에는 어떤 것들이 들어있을까? 하루 종일 내 발치에서 나를 물끄러미 바라보고 있는 것 같은 내 그림자와 두런두런 무언가 애기를 했다는 자각이 든 지금, 어제, 일주일 전, 한 달 전, 그리고 오래전 전설처럼 먼 기억들을 불러내 만나보려한다.

헛간!
창고!
크기나 넓이보단 훨씬 많은 걸 담고 보관하고 있는 곳.

나는 어떻게 불쑥, 떠오르는 사람이 될까

오랜 외면에도 줄지 않은 질량과 부피로 언젠가의 소환을 기약하고 있는 곳.

누구나 그 안에 가득한 것들을 하나씩 불러내 서로 민낯의 해후를 준비해도 괜찮을 때가 있다. 마음속 헛간의 존재를 들켜도 좋을 때, 그렇게 많이 외로울 때!

사랑, 그 쓸쓸함에 대하여

가을이 갔다.

그리고 정말 문득, 봤다.

세상을 껴안듯이 하얗게 덮여 있던 눈, 겨울이 와 있었다.

큰맘 먹고 당일치기로 감행했던 먼 남쪽 지방으로의 여행이 끝난 시간이었다. 자정이 지나지 않았으니 분명 아직은 오늘인데, 가을로 시작했던 하루는 흰옷을 입은 겨울이 되어 귀가하는 나를 맞았다.

'가을에 떠났는데 겨울에 돌아왔네……'

집 앞 전철역에 내려 호젓한 골목을 지나 내 집 현관 번호 키를 누를 때까지 나는 중얼거렸다.

'하루에 두 계절을 사는구나……'

나는 어떻게 불쑥, 떠오르는 사람이 될까

발목까지 묻어온 눈을 보는데 엘리베이터의 백색 불빛 때문이었을까? 거울 속에 비친 내 모습이 녹아내리는 눈사람 같았다.

새벽에 집을 나서며 들었다. 발자국을 뗄 때마다 몸 안의 피돌기가 느껴질 만큼 선명하게 들려오던 소리, 은행잎 부서지는 소리였다. 11월 말, 세상은 짙은 가을의 끝자락에 서 있었다. 몸 위에 몸을 또 떨구고 쌓여있던 은행잎 부서지는 소리를 들으며 나는 그렇게 삼십오 년 만에 그 도시를 찾아갔다. 아니다. 오래전 나를 만나러 갔다. 11월이었기 때문이었다.

내게 11월은 그랬다. 온몸이 조이는 감정의 비탈에 나를 세우지만 그래서 생이 싱싱해지는 기적을 보는 달. 오래전부터 나는 11월을 사랑했다. 언젠가 짙은 회색 구름이 벽이 되어 드리워져 있는 길을 내 숨소리만 들으며 절대로 뒤 돌아보지 않고 오래오래 걸어가고 싶은 달. 세상의 표정을 말하라면 무성하면서도 스산한 달. 무성해서 외롭고 스산해서 마음 간수에 집중하게 되는 달.

여행의 주된 목적은 있었지만 그보다 더 강력한 자력으로 나를 끌어당긴 건, 지금이 11월이었고, 그곳이 내겐 삼십오 년 전의 시간과 삼십오 년 전의 장소, 삼십오 년 전의 내가 있는 곳이기 때문이었다. 열차가 떠나기도 전에 그곳의 공기가 손바닥 가득 느껴졌다.

옛 시간을 찾아간다는 것, 옛 장소에 다시 서 본 다는 것, 옛날의 나를 불러내 내 앞에 세운다는 것은 생각보다 많은 에너지를 요구했다. 세월이 흘렀다고는 해도 기억의 모서리에 박혀 있던 많은 이름이 툭툭 튀어나왔고, 그 이름들 때문에 나는 외로웠고 또 그만큼 따뜻했다.

상호는 바뀌었지만 그때의 꿈과 소망이 금방이라도 달려 나올 것 같은 찻집이 있는 골목을 나는 단박에 알아보았다. 사람의 등이 얼마나 많은 말을 하고 있는지를 처음 깨닫고, 펑펑 울었던 오래전 그 건물을 찾는데도 나는 1분도 걸리지 않았다. 골목을 걷고 대로를 걷는 내내 햇빛처럼 반짝이는 눈빛으로 나를 향해 걸어오는 무수한 나를 나는 보았다. 왈칵, 눈물이 터졌다.

사람은 늘 현재 시점에서 '추억'이라는 이름의 과거 시제로 자신이 지나온 길에 꽃을 심는다. 때문에 미래보다 과거는 스토리와 배경이 흐른 날수만큼 향기가 짙어진다. 수많은 사랑 시와 사랑 노래를 보라. 그들은 현재를 살지 않는다. 미래는 가보지 않았으니 알 턱이 없다. 과거는 맨살, 맨 심장으로 느끼고 살았으니 그것만이 자신들의 세상인 것이다.

나는 어떻게 불쑥, 떠오르는 사람이 될까

과거는 그런 것이다. 기대도 상상도 헛꿈도 아닌 내가 보고, 듣고, 지나며 살아온 시간. 추억은 그래서 정직하다. 정직해서 아프고 정직해서 귀하다.

한 시절을 지나왔다고 나는 정말 지나온 사람일까?

그날 나는 오래전 걷고 뛰고 때론 주저앉아 울기도 했던 그 도시에서 걷는 나, 뛰는 나, 우는 나를 정말 신기하게도 한꺼번에 다 만났다. 모퉁이를 돌고, 그 찻집 그 카페가 있던 골목길을 걸으며, 시대극 세트장에 가장 먼저 세워졌을 것 같은 이층짜리 낡은 그 건물 앞에서, 그때의 나, 추억이라며 접었던 내가 지나온 시간을 하나도 남김없이 다 보았다.

초승달이 떠오르고 있었다. 11월, 날카로운 한기가 가득한 그 도시를 떠나야 할 시간은 너무도 빨리 왔다. 나는 그곳에 여덟 시간 머물렀다. 내가 만났던 수많은 내가 그 도시의 기차역에 가로등이 되어 나를 비추다 초승달 쪽으로 하나 둘 사라졌다.

캄캄해진 그 도시에 지천으로 쌓여 있는 은행잎을 밟으며 나는 그렇게 나를 만나러 왔던 수많은 나와 헤어졌다.

그리고 눈 덮인 서울에 돌아왔다.

하늘엔 별도, 달도, 없었다.

그날 나는 11월에 11월이 되어 하루에 두 계절을 보았고, 하루에 삼십오 년을 살았다.

겨울이 왔다.

오래된 노래를 듣네

오래전 시간이 귀를 여네

양희은의 목소리가 사방에 벽을 세우네

기억은 언제나 감옥 같아

하늘도 풀밭도 수의(囚衣)로 감기네

사랑, 그 쓸쓸함……

글자를 써놓고 보니

한글 자음 ㅅ이 다섯 개나 들어있네

시옷, 이라고 발음해보네

'시'를 발음할 때의 스산함이

'옷'에 가서 갇히네

나는 어떻게 불쑥, 떠오르는 사람이 될까

시옷은 한자로 사람 人과 닮은꼴이네
사람이 갇히네

그곳은 감옥이네

쓸쓸함이란 수인번호가
문패로 걸리네

조용하게 슬프네
다시……

― 서석화 詩 〈사랑, 그 쓸쓸함에 대하여〉 전문

*제목은 양희은 노래 〈사랑, 그 쓸쓸함에 대하여〉 인용

당신의 〈추억통장〉엔 얼마가 있습니까?

특별히 불러내지 않아도 된다. 더듬어 찾아가는 길 반복해서 연습하지 않아도, 날짜와 시간까지 기억을 헤집어 꺼내놓지 않아도 된다. 상황과 그 상황을 굳이 다시 나열하지 않아도 된다. 그래도 떠오르는 게, 떠올라서 잠시 모든 시간을 물리치며 적요한 순간을 눈앞에 펼쳐놓는 게 있다.

웃게도, 울게도, 어디를 바라보는지도 의식 못할 만큼 멍하게도, 갑자기 어깨에 내려앉는 온기를 팔을 올려 가만가만 만져보게도 하는 그 무엇, 전극이 연결된 것처럼 강렬하지도, 세상을 덜컹거리며 몰아치는 폭우처럼 위험하지도, 각인된 모든 것이 그렇듯 심박수를 늘이지도 않는다.

그런데 분명 찾아왔다. 어쩌면 내가 찾아간 건지도 모른다. 흐리고, 아련하고 스쳐가다 잠시 조우한 것처럼!

나는 어떻게 불쑥, 떠오르는 사람이 될까

추억이다. 추억은 그런 것이다. '추억'이라고 발음하는 순간 어떤 기억이든 그것에 둘러졌던 모든 감정이 해제되어 그냥 젖어들게 된다. 스미듯 찾아가고 찾아오는 것, 길을 가다 횡단보도 앞에서 그냥 건너편을 바라보고 서 있을 때의 잠깐의 멈춤처럼 사는 동안 그렇게 무심한 듯 찾아와 마음의 결을 가만가만 만지고 가는 것, 추억!

때문에 추억은 기억보다 상위 개념이라는 생각을 한다. 사람의 오감을 '집중'시켜 '그 자리'에 보존해야만 소장 가능한 게 〈기억〉이라면, '해제'시켜 '흩어 놓아도' 언제든 내 것이고 소환 가능한 게 〈추억〉이기 때문이다. 물론 추억은 기억을 담보로 한다. 하지만 모든 기억이 추억으로 자리 이동되는 건 아니다.

기억은 영구보존되는 것도 있지만 시간이 흐를수록 흐려지거나 자체 소멸될 확률도 크다. 하지만 어떤 기억이 추억으로 방향을 튼 순간 그것은 내가 나에게 부여한 또 하나의 숨길이 된다. 숨이 무엇인가. 의식하지 않아도 들이쉬고 내 쉬며 나를 살게 하는 비밀스러운 교신이 아닌가. 추억은 그 숨길을 어느덧 마음에 하나 더 놓는 엄청난 선물인 것이다.

하루를 만나도 그 시간을 추억으로 남겨 아주 편한 숨을 쉬게 하는 사람이 있고, 평생을 친했다고 우겨도 긴 시간만큼 층을 올린 기억뿐인 사람이 있다. 스토리까지 마치 어제 일처럼 생생하게 기억나는 어떤 시절이 있었다고 그것에 추억이라는 이름을 부여할 수는 없다. 반대로 한 번도 떠오르지조차 않았던 어떤 시간과 그 시간 속의 사람이 온 마음에 잔잔한 진동을 일으키며 현재의 나를 다독이고 위로하며 미소 짓게 한다면 그것은 추억이다. 떠오른다고 다 그리운 것은 아니라는 내 생각은 여기서 강한 탄력을 받으며 하나의 명제로 선다.

기억은 자신의 뇌 용량만큼 호불호를 가리지 않고 싫든 좋든 저장되어 언제든 그 상황을 도출해낼 수 있다. 좋은 기억이 시간이 흘러도 좋게 다가오고, 나빴던 기억이 오래 묵었어도 당시처럼 진저리를 치게 하는 것은 뇌의 저장 능력이다. 그것도 마음의 지시에 따른 발현이 아니냐고 묻는 사람들도 있을 것이다. 물론 맞다. 하지만 내 식으로 설명한다면 기억은 마음보다는 경험의 지시에 따라 분별 저장되는 것이다. 마음보다는 경험이 기억의 유무를 가르는 상위개념인 것이다. 마음이야 어떠하든 경험한 이상 일정 기간 저장되고 보존되는 게 '기억'이란 뜻이다.

그러나 추억은 어떤가? 추억은, 시작도 끝도 마음 안에서 일어나고 또 마음 안에서 잔잔히 저문다. 그 마음이 가장 선하고 가장 평화로우며 가장 그립고 애틋한 것임은 말할 필요도 없다. 추억이라 말해질 수 있는 것 가운데 악하고 불안하며 진저리쳐지고 살기등등한 어떤 시간, 어떤 장면, 어떤 사람이 하나라도 있는가.

추억은 그렇게 온다. 만나려고 애쓰지 않아도, 피하려고 등을 완강히 세우지 않아도 물처럼, 공기처럼, 어느 날 나를 다시 살게 하는 마음을 풍경으로, 목소리로, 고요하게 펼쳐주는 것이다.

따라서 추억은 내가 소환하는 어떤 시절이나 어떤 장면이 아니라, 어떤 시절이나 장면에 내가 소환당하는 기꺼운 그 무엇이다.

나를 소환하는 추억을 나는 얼마나 갖고 있을까? 한글 자음 순서대로 성과 이름을 부르며 기억 속의 사람들을 떠올려본다. 새로 새긴 도장을 나열해 놓고 하나하나 찍어보는 심정이다. 어떤 이름은 선명한 인주 빛으로, 어떤 이름은 햇살에 바래 붉지도 노랗지도 않은 희뿌연 빛으로 드러난다. 불려나온 이름 하나하나마다 그 이름을 장식하는 기억 꾸러미를 업고 있다. 기억은 그런 거다. 청하지 않아도 불쑥 들이닥쳐 마주서는 이상한 해후 같은 거.

그런데, 이상하게 마음이 가난해진다. 따끈한 차를 종일 마셨는데도 온몸에 한기가 돈다. 머리에 각인된 기억은 불러낸 이름 수만큼 나열되는데, 가슴과 마음에 들어앉아 사는 동안 살갑고 든든한 지기가 되어준 추억은 몇 개 잡히지 않는다. 다시 '추억'이라 부를 수 있는 그것에 대해 대책 없이 겸손해진다.

어떤 순간이든 훗날 추억으로 명명되려면 모든 따뜻한 것들을 전제로 한다. 혼자든 상대가 있든 그 시간에 대한 진심을 첫째 조건으로 한다. 공감과 소통 역시 꼭 필요하다. 그리고 무엇보다 채송화 꽃씨만큼의 작은 부피라고 해도 감동과 그로 인한 행복감을 내가 느낀 경험이 바탕 되어야 한다.

여기서 다시 생각한다. 살아오는 동안 따듯하고 진심이었으며, 공감과 소통이 완벽해 내가 행복했던 순간이 과연 몇 번이나 있었을까? 세월에 덮여 잊고 있었는 중에라도 문득 떠오른 생각의 끈이 자연스럽게 향하는 곳, 가슴이 데워지며 입안 가득 미소를 출렁이게 하는 따뜻하고 평화로운 순간을 나는 얼마나 갖고 있을까?

살아온 시간이 육십 년을 넘으니 그 수도 셀 수 없이 많을 거라고 무턱대고 생각한 것은 오판이었다. 너무 많아 서로 엉켜 나를 헤매게 한 건 기억이었지 추억은 아니었다. 추억은 기억의 미화, 기억의 가공, 나아가 기억을 승화시키려는 의지만으로는 절대로 얻어지는 게 아니었다. 추억은 처음부터 추억으로 제자리를 만드는 것이었다. 그래서 귀하고 그래서 애틋하다.

이렇게 살아왔구나…… 한번 살다가는 이 귀한 세상에서 중간 결산으로 받은 추억의 내력이 이렇게 적다는 자각이 사방에 수척한 시간을 겹으로 세운다.

나는 몇 사람에게나 '추억'을 만들어 줬을까? 몇 사람에게나 그 마음에 자리하고 그의 숨길을 따듯하게 데워줬을까? 내 이름을 떠올린 몇 사람이나 저절로 찾아오는 추억에 소환되어 그를 살게 했을까? 살아갈 힘이 되었을까? 내게 추억으로 회상되는 시간이나 사람이 이리도 초라하다면, 나 역시 사람들에게 추억을 남겨준 수는 초라하다 못해 잔고 제로의 빈 통장과 같을 것이다.

나는 오늘 처음으로 버킷 리스트를 쓰리라 결심한다. 습관처럼 그때그때 고치고 첨삭해가며 남들이 자신의 버킷 리스트를 쓸 때도 시도조차 해 보지 않았던 일이다.

첫 번째가 〈추억통장〉 세 개 만들기다. 첫째 통장에는 받은 행복과 즐거움, 누군가가 만들어준 보람과 의미로 하여 추억이 된 것들을, 두 번째 통장에는 내가 준 행복과 즐거움, 내가 누군가에게 만들어준 보람과 의미로 하여 추억이 된 것들을, 마지막 세 번째 통장에는 이 둘을 합산하여 복리로 불어나게 하는 통장을 나는 만들 것이다.

지금껏 입출금 통장과 일정 기간 모아 목돈을 만들기 위한 적금통장은 늘 있어 왔다. 하지만 행복하고 즐겁고 감사해서 추억으로 남은 순간을 모은 〈추억통장〉은 생각도 해 보지 않았다.

나는 이 세 개의 통장을 언젠가 세상을 떠나게 될 때 아들한테 유산으로 물려줄 것이다. 엄마는 남은 엄마의 시간에 이런 추억을 만들어준 사람들이 있어 행복했다고,
가깝고 소중한 사람들에게 이런 추억을 남겨주는 시간을 살 수 있어 너무나 다행이었다고. 그래서 엄마는 형제 없는 무남독녀의 외로운 삶이었지만 '우리'라는 든든한 관계를 추억으로 갖고 갈 수 있게 됐다고 말하리라.

그리고 숨이 다하는 순간까지 거듭거듭 꼭, 말해 주리라. '아들아, 너는 엄마보다 훨씬 더 많은 〈추억통장〉을 자식에게 물려주는 그런 삶을 살라'고!

나는 어떻게 불쑥, 떠오르는 사람이 될까

추억통장은 행복통장이다. 보람통장이다. 사랑통장이다. 유의미한 삶의 통장이다. 잔고는 가슴의 온도를 올리면 쑥쑥 불어날 것이다. 먼저 사랑하고 먼저 베풀며 먼저 이해하고 먼저 웃으면 이자는 고금리로 붙지 않겠는가.

지금, 당신의 추억통장엔 얼마가 있습니까?

사진으로 당신을 배웅했습니다

돌아오는 길은 적막했다. 추웠다. 자꾸 사방이 돌아봐졌다.

떠난 사람의 사진과 해후하고 돌아오는 길, 사진…… 이라는 단어 앞에서 눈보다 먼저 입안에 눈물이 고였다.

사진 속의 사람은 웃고 있었다. 보지 못하고 지나온 세월이 고스란히 앉아 있는 늙고 초췌한 얼굴이었다. 하지만 사진 속의 얼굴은 분명 '산 사람'의 얼굴이었다. 핏기 없이 굳어 오히려 '죽은 사람' 같은 건 그 앞에 서 있는 살아 있는 우리들이었다.

그는 사진으로 우리들을 맞았다. 그의 마중은 조용했다. 당신이 사랑하고 자랑스러워하던 제자들이 일렬로 서 있는데도 그 흔한 마중 인사 한마디도 없었다. 잦은 기침으로 늘 하얗게 메말라 있던 입술 가로 번지고 있는 미소만 정지된 그의 시간을 확실하게 보여주고 있었다.

　　　　　　　나는 어떻게 불쑥, 떠오르는 사람이 될까

한 사람이 살다 가며 세상 속 인연들의 마지막 마중은 '사진'으로 하는구나…… 그래서 어떤 한 사람을 마지막으로 배웅하는 일 역시 그의 '사진'을 보며 하게 되는구나…… 갑자기 '사진'이라는 단어가 세상에서 가장 무섭고 외로운 단어로 들어와 박혔다.

우리는 그의 사진 앞에서 하얀 국화를 놓고 향을 피웠으며 절을 했다. 누군가는 흐느꼈고 누군가는 한숨을 쉬었으며 누군가는 숨소리도 내지 않고 가만가만 자신의 가슴을 싸안았다. 좋은데 가시라는 누군가의 배웅 인사도 들렸던 것 같다. 사진을 보고, 그가 세상에 없음을 증명하고 선포하는 증빙서류 같은, 사진을 보고 말이다.

밤이었지만 신촌역 앞 거리는 여전히 시끄러웠고 환했으며 활기로 쨍쨍했다. 싱싱하게 살아 있는 사람들의 목소리와 체온이 배경으로 깔린 거리에서 일행 중 누군가가 욕인 듯 푸념인 듯 소리쳤다.

"이제 곧 우리 차례겠지? 칼라사진에서 흑백사진으로 갔다가 하나 씩 뻥뻥 그 자리가 비어가는 것처럼 말야. 그렇게 우리도 사진으로 사람들을 맞는 날이 멀지 않았겠지?"

장례식장을 나와 이차를 갈 장소를 찾느라 분주했던 모두의 발걸음이 순간 숙달된 재식훈련을 하는 것처럼 일시에 멈췄다. 이미 나이 쉰은 훌쩍 넘었고 예순이 넘은 이들도 여럿인 일행들이 거리에 선 채로 서로의 얼굴을 훑었다. 누군가가 뽀얀 입김을 뿜으며 주머니에서 손을 빼 허공으로 치켜들었다.

　"시인들이라서 그런가? 팔십을 못 넘기네. 몇 달 전에 가신 J 시인은 칠십여덟에, 오늘 가신 L시인은 칠십일곱에…… 또 바로 얼마 전에 가신 J시인은 칠십도 못 돼 예순여덟에……보자, 그럼 난 몇 년 남은 거야? 다들 계산해 봐. 우린 L선생님 제자들이니까 칠십일곱을 기준으로 치고."

　각자의 주머니에서 조의금 내는 봉투처럼 하얀 손이 하나 둘 밖으로 나왔다.

　"난 십 년."
　"난 십사 년."
　"난 십육 년."
　"난 이십삼 년."

　스무 명이 넘는 인원이 들어갈 장소를 찾느라 거리와 골목을

　　　　나는 어떻게 불쑥, 떠오르는 사람이 될까

헤매면서도 사람들의 손가락 세기는 계속되었다. 나는 주머니에서 꼼지락거리며 손가락을 접어 봤다. 그리고 속으로 말했다. '난 십구 년……'! 머리와 가슴이 하얗게 탈색되는 것처럼 눈앞이 뿌연 물방울로 젖고 있었다. 그리고 어깨며 등이 시렸다. 몸이 자꾸 공처럼 말아졌다.

겨우 찾아 들어간 호프집. 이번엔 누군가가 영정사진 이야기를 했다.

"오늘 생각한 건데 그거 미리 찍어둬야 겠어. 더 늙어 고운 때 가시기 전에."

"영정사진이 고와서 뭣에 쓰려고?"

"마지막으로 나를 찾아온 사람들 맞이할 사진인데 곱고 잘 나온 사진이면 좋지. 안 그래?"

먹은 거라곤 육개장 몇 스푼과 맥주 한 잔뿐인데도 위장은 부푼 풍선처럼 금방이라도 터질 것 같았다. 무슨 말인가 한두 마디쯤은 하고 싶고 또 해야 할 것 같은데 그 한두 마디가 만들어지지 않았다.

내 어머니의 영정사진이 떠올랐다. 사진은 사랑하는 사람이 찍어야 잘 나오는 법이라며 굳이 딸인 나에게 찍어달라고 하신 어머니의 영정사진. 뇌출혈로 쓰러지신 후 병중인 어머니 앞에서 카메라를 들고 있는 나는 눈물이 터지는데, 환하고 아름답게 웃고 계셨던 어머니. 방금 한 누군가의 말처럼 고운 때가 가시지 않을 때 찍어서일까? 문상 온 사람들마다 오히려 위안을 받고 간다는 말을 할 만큼 어머니의 미소와 눈빛은 따뜻하고 평화로 웠다.

어머니 돌아가신 지 햇수로 벌써 육 년, 어머니의 사진은 여전히 내 집 서재 장식장 위에 놓여 있다. 나는 지금도 하루에 몇 번씩이나 어머니를 만난다. 인사를 하고 사랑을 고백하며 하소연을 하며 울기도 한다. 그리고 위안을 얻고 허물어져가는 마음도 추스른다.

국내 최장 길이라는 죽령터널을 어머니 영정사진을 찍기 위해 달려
갑니다
어머니 쓰러진 지 3년, 어머니가 키운 단 하나 소망은
자는 듯 편안하게 세상을 떠나는 것과 딸이 예수님을 믿는 것입니다
지팡이를 짚고도 위태로운 어머니의 걸음이 필름 속에서 출렁입니다
웃어보라는 딸의 말에 영정사진이 예쁘면 안 된다고 어머니, 자꾸
먼 산만 보십니다

나는 어떻게 불쑥, 떠오르는 사람이 될까

골고다 언덕 같은 어머니의 어깨 뒤로 어머니의 아픈 시간이 십자가로 들어옵니다

셔터를 누르면서 딸은 우는데 어머니, 그제야 환하게 웃습니다

마른 햇살을 닮은 어머니의 미소가 대낮에도 하늘에 별을 띄웁니다

어머니에게는 사소한 것도 소망이 되는 모양입니다

영정 사진으로 쓰일 필름 속의 어머니가 참 예쁩니다

— 서석화 詩 〈잠실여자 6 – 어머니의 영정사진〉 전문

누군가 말을 이었다.

"마지막 모습이잖아? 마지막으로 기억될 얼굴이잖아? 그렇게 사진으로 남는 거잖아? 마지막 독사진! 함께 찍을 수 없고 꼭 혼자만 찍어야 하는 사진, 그게 영정사진이잖아?"

사진……

마지막 독사진……

사랑하는 사람들을 마지막으로 마중하는 내 모습,

사랑하는 사람들이 나를 떠나보낼 때 그들이 보는 마지막 내 모습.

그날, 우리는 그 흔한 단체 셀카 한 장 찍지 않았다. 대신 한 사람 한 사람 정을 담아 악수를 했고 오랜만에 보는 서로의 얼굴을 정성을 다해 바라보았다.

좌장 격인 K시인의 제안이 나온 건 그다음이었다.

"우리 일 년 뒤 선생님의 초제 때 우리 모두의 이름으로 시집을 펴 내 선생님 영전에 바칩시다. 그때는 사진이 아니고 풀 송송 난 산소에서 우리를 마중하시겠지요?"
그날 처음으로 '건배'의 합창이 터져 나왔다.

돌아오는 길은 그래도 적막했다. 추웠다. 외로웠다.
피가 도는 체온으로 손을 잡을 수 있을 때, 어서 오라고 말할 수 있을 때, 반갑다고 보고 싶었다고 힘껏 안을 수 있을 때, 다음을 기약하며 두 팔 힘차게 그가 향하는 길로 휘저을 수 있을 때, 한번이라도 더 마중하고 배웅할 일이다.

그래야 될 나이가 됐다.

하현달이 비추는 시간

내 살을 깎아 어둠을 넓힌다

환한 낮빛 아니면 어떠랴

숨은 마음 이리도 터질 듯 환한데

별들이 제자리에서

제 몸만 한 빛으로 어둠을 걷을 때

나는 어째서 살을 깎아야

하늘은 내 자리를 허락하는가

버리는 연습으로 한 달을 산다

살 내리는 소리가 밤을 키운다

보이지 않는 꿈이 부푼다

부푼 꿈속으로

만월의 내가 떠오른다

— 서석화 詩 〈하현달〉 전문

며칠 전 아는 시인으로부터 카톡 한 통을 받았다. 사진 한 장이 도착해 있었다. 그리고 바로 아래 짧은 멘트.

"2호선 시청역에서 환승하다 아는 사람 시 같아서……"

서너 군데 지하철역에 이 시가 있다는 건 알고 있었다. 몇 년 전에 한국시인협회에서 지하철 시를 공모한다는 공지를 받았다. 그래서 정해준 행 수에도 맞고 나름 아끼는 시라서 이 시를 보냈다. 그 후 꽤 높은 경쟁을 거쳐 선정되었다는 통보와 함께 시가 있는 역 이름도 받았다. 그리고 그만이었다.

나는 내 시가 있는 어떤 역도 찾아가보지 않았다. 언젠가, 저절로, 마주치는 우연이 온다면 그때 봐도 충분하다는 생각 그 이상은 없었던 것 같다.

그런데 사진으로 도착했다. 카톡 창 위에 뜬 시 〈하현달〉 전문을 읽는데 오랜만에 가슴이 뛰었다. 삼십 대 중반쯤 쓴 시, 어느덧 눈앞엔 글자는 사라지고 그 시절 내가 본 하현달이 사방에 떠올랐다.

이십 년이 넘는 세월 저편의 풍경을 헬쑥하게 비추고 있는 달, 차마 부풀지 못해 허리를 구부린 모습으로 늘 머리에 화로를 얹

나는 어떻게 불쑥, 떠오르는 사람이 될까

고 있던 나를 식혀주던 달, 마음에 파수꾼 같은 얼음판을 세워주
어 주저앉지 않고 이 세상을 직립으로 건너오게 해준 달, 내 삶
과 내 문학과 내 사랑과 내 기도를 모으고 모아, 먼 어느 날 사방
에 모난 데 하나 없는 둥근 결정판으로 나를 비춰줄 것이라고 소
망을 갖게 한 달, 하현달……

그 시절 내게 달은 상현달도 보름달도 아닌 하현달만 보였다.
한 달 내내 나를 비추고 내가 바라본 달. 때론 숨기고 때론 가라
앉히며 때론 분노와 절망조차 깎고 또 깎게 한 달. 시리도록 푸
른 한기 속에서도 그것이 냉정한 이성으로 나를 찾아오게 해 준
달.

그 하현달을 지금 다시 바라본다. 시 〈하현달〉의 첫 행이 내가
보고 있는 하늘에 돋아난다. 내 살을 깎아 어둠을 넓힌다……
그리고 4행부터 7행까지 문장이 거실 창문을 두드리며 소리친
다. 별들이 제자리에서/ 제 몸만한 빛으로 어둠을 걸을 때/ 나는
어째서 살을 깎아야/ 하늘은 내 자리를 허락하는가…… 기억 저
편의 아스라한 시간 속 사람을 만난 것처럼 가슴이 삐긋거린다.

이십 년도 넘어 이제는 '옛날'이라는 표현이 전혀 이상하지 않
는 그때, 기껏 나이라야 삼십 대 중반! 뭘 얼마나 살았다고, 그

래서 뭘 얼마나 견디고 버텼다고, 나는 〈하현달〉이란 시를 썼을까? "내 살을 깎아 어둠을 넓힌다"는 문장을 잡아 시를 시작할수 있었을까? '살을 깎는' 아픔과 제대로 조우한 적이 있기는 했을까?

지금의 하현달을 바라보는 마음에 스무 개가 넘는 달력, 펄럭이는 소리가 요란하다.

누구에게나 '지금'은 가장 극적이고 가장 확실하며 가장 현실적인 시간이다. 여섯 살 아이에게는 여섯 살 그때가, 스무 살 청년에게는 스무 살 그때가, 마흔이 코앞일 때는 마흔 언저리만 걸어도, 그렇게 모든 나이는 생애 최대치의 감정 경험을 하게 된다. 따라서 감정은 나이 따라 적립되는 게 아니고 언제나 그 나이를 산다. 그래서 생생하고 그래서 진짜다. 세월이 주는 이자한 푼 붙지 않고 늘 그 시간의 얼굴로 찾아온다.

봄이 오고 있는 하늘에 하현달이 떠 있다. 다 깎여나갔어도 양쪽 모서리 중 어느 한쪽은 위로 들려져 있는 달의 모양이 새롭게눈에 들어온다. 몸무게가 다른 두 사람이 타고 있는 시소 같다는생각이 든다. 어디 몸무게만일까? 떠오르는 모든 것이 줄줄이양 모서리에 늘어선다. 그런데 그 어떤 것을 양쪽 모서리에 앉혀봐도 하현달을 수평으로 만들지는 못한다. 오히려 한쪽이 자꾸

　　　　　나는 어떻게 불쑥, 떠오르는 사람이 될까

더 위로 올라간다. 아니 한쪽이 자꾸 더 아래로 처진다.

그랬구나. 하늘의 자리를 넓히는 일은 결국 사람의 꿈과 현실을 양쪽 모서리에 매달고 스스로 헛된 배를 싸매는 일이었구나. 캄캄하고 거대한 무덤 같은 하늘이 아니라 소망이 익고 기도의 응답이 준비되는 벅찬 신화의 공간이었구나. 그래서 하현달은 금식 중인 사람의 얼굴처럼 저리도 명료하고 깨끗했구나. 시 〈하현달〉의 마지막 부분을 외워본다. "보이지 않는 꿈이 부푼다 / 부푼 꿈속으로/ 만월의 내가 떠오른다"고 나는 썼다.

결국 나는 '희망'을 노래했다. 하현달의 차갑고 외롭고 가난한 시간이 내가 선택한 살을 깎는 아픔이었다면, 그 끝에 반드시 오고야 말 풍성하고 모나지 않으며 한없이 밝을 보름달의 시간을 나는 담보로 잡고 있었던 것이다.

지금 다시 하현달을 소재로 시를 쓴다면 나는 첫 행을 어떻게 쓸까? 화자는 역시 하현달일까? 노트북을 켜는데 말 없던 밤하늘이 하현달을 젖히고 통째로 내 집 안에 들어와 있다.

'혼잣말'에서 '말 건넴'으로

　오늘, 오래된 질문이 발사된 총알처럼 생생하게 뜨거운 울림
으로 가슴에 물음표를 꽂는다. 이미 수천 번 꽂혔고 그러다가 제
풀에 삭아 넘어지기도, 저절로 빠지기도 했던 마음의 소리다.
　시인으로 등단 후 장르를 넘나들며 삼십 년 넘게 글을 써오면
서 내가 얻은 것과 내게 남은 것, 그리고 나는 왜 글을 쓸까!

　꽃샘추위에 어깨와 등, 사이사이 시린 늑골을 두 팔로 감싸고
거실 창 앞에 쪼그려 앉아 거대한 레고 같은 앞 동을 한참이나
바라보던 중이었다. 연 이틀 거대하게 불어대던 바람은 잦아든
듯했지만, 세상의 먼지와 소음이 다 올라간 하늘은 탁했고 어두
웠다.

　3월도 이미 하순인데 어느 지방에서는 폭설이 내렸다 하고,
어느 지방에서는 분당 몇 미리의 큰 비가 쏟아졌다는 뉴스가 들
려왔다. 그러나 내가 보는 세상은 고요했다. 폭설도, 큰 비도 없

　　　　　나는 어떻게 불쑥, 떠오르는 사람이 될까

이 그냥, 어떤 큰 그림자가 세상을 덮는 망토처럼 눈앞의 모든 것에 드리워져 있는 듯할 뿐이었다.

　시인으로 등단해 삼십 년이 넘는 긴 세월이 흐르는 동안 시는 물론 산문과 소설까지 쉼 없이 글을 써왔다. 글이 안 써져 불안했고 그로 인한 여파로 불행했던 적은 많아도, 꼬박 48시간 뜬 눈으로 글을 쓴 후에도 피곤하다고 불평하고 몸져누운 적은 없었다. 오히려 이틀 꼬박 바라보고 느낀 세상의 시간이 그만큼 나를 치유시키고 마침내 회복시켰다는 확신 속에 말랑거리며 잔잔해지는 나 자신을 만나곤 했다.

　그것은 내게 글쓰기란 '내 안의 무엇을 끌어내는 힘'이었기 때문이었다. 한 인간이 줄 수 있는 최대치의 정으로도, 인간의 힘을 부정하고 기도에 매달려 신의 전지전능함에 애걸할 때도 꿈쩍도 않던 그것들이었다. 무남독녀의 외로움을 돌처럼 굳혀 만성체증이 있는 사람처럼 나는 늘 위태로웠다. 그 위태로움은 나로서는 너무도 처연한 것이어서 '우리 언니가', '우리 오빠가', '내 동생이'라는 주변의 말만 들어도 폭설과 폭우를 한꺼번에 맞은 것처럼 춥고 아팠다.

　그래서였을 거다. 강박에 가깝게 나 자신을 몰아치며 글을 써

오는 동안 '무엇이 되고 싶은가' 보다는 '무엇을 하며 내가 나 자신을 이겨내고 있나'에 더 많은 시간과 노력을 기울였다는 사실을 깨닫는다.

글은 내가 쓰지만 결코 '혼잣말'이 아니었다. 보이지는 않지만 분명히 내 말과 내 속내를 들어주고 알아주는 청자가 있는 '말 건넴'이었다. 누구든 혼잣말을 해 본 경험이 있을 것이다. 거울 앞에서건 집안일을 하면서건 뭔가를 중얼중얼 지껄이고 있는 자신을 발견한 적 없는가. 그때 하는 말은 정제되지 않은 이상한 부호, 혼자만 아는 주문 같은 말이 태반이다. 듣는 사람이 없으니 말의 기승전결을 갖추지 않아도 되고 의미 전달을 위해 비유나 예문을 동원하지 않아도 된다. 당연히 원시적인 나와 마주하는 일이다.

그러나 말을 건넨다는 건 누군가 상대가 있다는 뜻이다. 따라서 이때 하는 말은 더 이상 혼잣말이 아니다. 상대에게 말을 한다는 건 결국은 내 마음, 내 생각, 내 바람을 전달하는 행위다. 그러므로 이때는 말을 가다듬고 무엇을 말하고자 하는지 내용의 명확한 전개가 필요하다. 이렇게 하다보면 혼잣말을 할 때와 달리 생각의 체계가 갖추어지고 우선 내 생각이 내 안에서 먼저 정리가 되는 걸 느낄 수 있다.

나는 어떻게 불쑥, 떠오르는 사람이 될까

깨닫는다.

내게 글쓰기란 혼자 하는 '혼잣말'에서 들어줄 사람이 있는 '말 건넴'으로 나아가는 길이었다. 형제 없는 무남독녀에서 위 아래 주렁주렁 형제자매를 만드는 일이었고, 이기심과 아집으로 만 쌓은 나라는 성에서 이해와 포용으로 길을 내는 작업이었다. 글쓰기는 내 사유의 결과물을 배설하는 것이므로 내가 쓰는 글의 청자요 독자는 바로 나 자신이 될 수 있다. 따라서 소통의 부재에 대한 고민이 없다. 사유와 공간의 확대를 가져오고 자기성찰과도 일맥상통하는 글쓰기.

그것은 결국 '나를 이해하고 격려하는 과정'이었다. 그 결과로 '내 안의 내가 상당 부분 치유되고 회복'되었다면 글 쓰며 살아온 지난 세월이 얼마나 다행인가.

수년 전 모 문학지에서 특집으로 시인과 소설가들에게 "당신은 왜 글을 쓰는가"라는 질문을 던진 적이 있다. 나는 그때 참으로 가슴에 와 닿는 답을 보았다. 지금은 작고하셨지만 홍윤숙 시인의 짧은 답이었다.

"아름다운 낙법 하나 배우기 위해 나는 시를 씁니다."

낙법을 배운다…… 그것도 아름다운 낙법을…… 어떤 단어와 문장이 그렇게 아름답고 따뜻하며 잔잔할 수 있을까? 그때 나는 어떤 향기로운 차를 마셨을 때보다, 어떤 감미로운 음악을 들었을 때보다, 어떤 숨 막히는 절경 앞에 섰을 때보다, 어떤 사랑의 희열에 죽어도 좋다고 느꼈을 때보다, 온몸과 마음이 평화로웠음을 아직도 생생하게 기억한다.

아름답게 떨어지는 법을 배우기 위해 시를 쓴다던 시인은 가셨다. 나는 아직도 시시때때로 옆에 와 서는 외로움 앞에 속수무책이 될 때가 많다. 그럴 때면 나는 그분의 대답에 나의 단어를 끼워 넣어 하루 종일 내가 나에게 말을 건넨다.

"외로워서 아름답기 위해, 외로워서 더 잘 살기 위해, 나는 글을 씁니다."

인도의 성자 간디는 말했지 않은가.
"인생은 모든 예술보다 위대하다. 한 걸음 더 나아가 완벽에 가까운 인생을 영위하는 인간이야말로 가장 위대한 예술가다. 그 까닭은 숭고한 인생이라는 확실한 토대와 틀 없이는 예술이 될 수 없기 때문이다."

나는 어떻게 불쑥, 떠오르는 사람이 될까

심 봉사가 눈뜬 것만큼

그렇게 '환했다'고 그녀는 말했다. 지나가던 내 발걸음에 순간 '환하다'는 형용사가 정말, 환하게, 감겼다. 일행들에게 만개한 벚꽃 사진을 핸드폰으로 보여주는 어떤 여자의 목소리. 심 봉사가 눈뜬 것만큼 환했다니, 기가 막혔다. 어떤 비유 어떤 문학적 수사가 환하다는 표현을 그렇게 절창으로 뽑아낼 수 있을까?

심 봉사는 우리 고전 〈심청전〉의 주인공 심청의 아버지다. 무남독녀 심청을 아내 곽 씨 부인이 죽자 젖동냥으로 키웠다. 심학 규라는 본명이 있지만 눈먼 소경이라 심 봉사로 불린다. 심청은 자라 아버지의 눈을 뜨게 하기 위해 공양미 삼백 석에 뱃사람에게 몸을 팔아 인당수에 빠진다. 그러나 용왕의 배려로 목숨을 건지게 되고 연꽃을 타고 다시 육지로 나와 왕비가 된다. 왕비가 된 심청은 아버지를 찾기 위해 전국의 소경들을 왕궁으로 불러들여 큰 잔치를 벌이게 된다. 그리고 거기서 꿈에도 그리던 아버지를 만난다. 그때까지도 눈을 못 뜨고 소경인 채로 지내던 심 봉사의 귀에 자신을 부르는 딸의 목소리가 들린다. 그리고 번쩍! 심 봉사의 눈이 뜨인다.

우리가 〈심청전〉을 지금도 사랑하고 필독서로 중시하는 이유가 거기에 있다. 심 봉사가 눈을 뜬 순간 우리 모두 함께 눈을 뜬 환한 희열을 '효성'이라는 덕목으로 체득하게 되기 때문이다. 얼마나 환하고 그 환함이 얼마나 감격스러웠으며 그 감격이 얼마나 온몸과 마음을 숙여 감사하게 했을까?

그렇게 환하게 벚꽃이 세상을 밝히고 있다. 심 봉사가 눈뜬 것만큼 환하게 피었다는 벚꽃을, 두 눈을 이마까지 치켜 올리며 종일 바라본 하루가 저문다. 저무는 시간 속에 더욱 환한 저 벚꽃나무들, 그 옛날 심청의 효심이 세상에 꺼지지 않는 해가 되어 잎마다 타오르고 있다.

나는 어떻게 불쑥, 떠오르는 사람이 될까

서
쪽
길

텅 비었다
열쇠도 자물쇠도 필요 없다
가을 가뭄에 버석거리는 아스팔트 위로
새벽달보다 노을이 먼저 뜬다

외로운 짐승처럼 사랑했다
참혹한 절정의 문엔
한 생이 불타도 좋은 확신이 있었다

가을볕에 울음 말려 저승꽃 피우면
추억으로 만든 관에 누울 수 있을까
밤새도록 그 이름 벗겨내는
뼈아픈 물소리

나 혼자 장마다

— 서석화 詩 〈빈집〉 전문

버리는 것보다 더 어려운 일

참 많은 걸 버려왔다.

욕심인 줄 모르고 꿈이며 소망이라고 생각했던 것들, 외로운 게 싫어 아니다 싶으면서도 희미하게라도 이어오던 관계들. 버리는 것은 우려만큼 어렵지 않았다. 내 것이 아닌 것을 인정만 하면 그만이었다. 사람도 사물도 꿈조차도 내 것이 아니었던 것은 막상 버릴 때 아깝지도 않았다. 당연히 미련도 남지 않았다. 내 마음만, 그리고 내 결심만, 실행하면 간단히 손 털고 돌아설 수 있는 일이었다.

지난 십 년, 그렇게 나는 '내려놓음'이라는 미명 아래 많은 걸 '버려왔'다. 버려왔다고 자신 있게 말하는 건 내려놓았다가 다시 올려 붙잡을 어떤 아쉬움도 없다는 걸 말한다. 잔뜩 곪아 부푼 화농을 도려낸 부위는 오히려 상큼했고 딱지가 떨어진 자리는 새살이 맑게 드러났다. 욕심을 버리자 비로소 꿈, 소망, 기도라는 단어가 내 것이 되었다. 어지러운 지하철 노선의 생소한 역

같던 사람들과의 관계를 버리자 내게 익숙하고 보고 싶은 몇 사람의 이름을 다시 수첩에 적는 환희의 시간도 찾아왔다.

그래서였을 것이다. 모으는 것 보다 버리는 게 몇 배나 어렵다는 사람들을 보면 저절로 몸과 마음이 불편해졌다. 버리는 걸 '포기'라고 규정지으며 포기를 미화한다고 비웃고, 좋은 사람 좋은 모임만 유지하면 그게 자초하는 '고립'과 뭐가 다르냐고 되묻는 사람들. 그들은 열 손가락을 있는 힘껏 벌려 욕심을 꿈이라고 움켜쥐고, 천 개 만 개의 끈을 온 사방에 펼쳐 그냥 아는 사람을 '친구'로 엮는 노동으로 늘 피로에 지쳐 있었다. 내 눈에는 그랬다. 나는 그런 불편과도 이별하기 위해 어설프게 마음 언저리에 있던 사람들도 버렸다.

버리는 게 힘들지 않으니 세상에 어려운 일이 없는 것 같았다. 안간힘으로 움켜쥐고 있던 것들을 쏟아 놓으니 여리지만 싱싱한 진짜 내 것 몇 개가 손바닥 위에서 꿈틀거리고 있었다. 하루 종일 전화벨이 울리지 않는 날은 많지만 드물게 걸려오는 전화벨 소리의 주인공이 누구인지 단박에 알 수 있는 기쁨도 컸다. 많은 부분이 명확해졌고 명확한 만큼 단조로워졌으며, 단조롭다는 건 내가 나에게 몰두할 수 있는 진짜 내 시간을 살고 있다는 것을 의미했다. 그렇게 나는 나를 바라보는데 열중했다.

　　　　　　　나는 어떻게 불쑥, 떠오르는 사람이 될까

그런데 오늘 문득 한 단어 앞에서 종일 쩔쩔매고 있다. 어떤 상상도 뒷받침되지 않았고 어떤 상황도 그 단어를 찾아낼 거리를 만들지 않았는데 갑자기 떠오른 단어.

돌이키다!

본래의 모습으로 돌아간다는 뜻을 가진 이 단어.

난공불락의 어떤 상대를 만난 것처럼 모든 용기와 의욕이 좌절되는 이 느낌을 어떻게 설명해야 할까? 버리는 것은 나 혼자의 마음과 결심만 있으면 다 가능했고 그래서 애착과 집착만 끊어내면 다 되는 것이었다. 그런데 돌이킨다는 것은 나 혼자 할수 있는 일이 아니란 직관 때문이었다.

돌이키는 것이야말로 세월을 비롯해 온 우주의 도움과 협력 없이는 불가능한 일이었다. 젊음이 그렇고, 멀어진 사랑이 그렇고, 끊어진 관계가 그렇지 않은가. 내 힘으로 되는 건 버리는 것까지였다. 돌이킬 수 있는 건 아무것도 없었다. 많은 걸 버렸다고, 버릴 수 있었다고 자신했는데, 돌이킬 수 있는 무엇도 내 힘만으론 불가능하다는 걸 깨달은 순간은 참혹했다. 당연히 무서움이 찾아왔다.

무언가를 버릴 때 왜 나는 그것을 원래의 상태로 돌이키고 싶어 할 수도 있다는 걸 생각조차 하지 않았을까? 아니 어쩌면 내가 버렸으므로 내가 원하면 언제든 회수도 가능하다고 자만했던 건 아닐까? 버리는 것의 주체도 나였듯이 돌이키는 주체도 나라고 그냥 믿어왔었다. 당치도 않은 아전인수격인 망상이 아닐 수 없다.

물건도, 사람도, 사람 사이의 관계도, 그 중심엔 함께 한 시간과 그 시간이 수평을 이루는 저울이 존재한다는 걸 놓치고 살아왔다는 자각이 뼈아프다. 버리는 게 내 마음대로였듯이 돌이키는 것도 내가 원하면 다 원래 있던 자리로 돌아와 나를 맞아줄 걸로 그냥 믿어왔다는 게 부끄럽다. 버린 자리에 가 다시 주워오면 된다고, 그래서 돌이키는 일도 내 의지요 내 바람이면 언제든 가능하다고 그냥 생각해 온 내게 어이없는 실소가 터진다.

'돌이키다'는 단어가 오만했던 내 시간을 종일 가난하게 한다. 돌이킬 수 없게 멀리 가버린 청춘과 청춘이 머물렀던 시간과 사람, 일상에 애드벌룬을 띄워 바라보고 키웠던 꿈. 거울을 보니 돌이킬 수 없게 나이 든 내가 보인다.

결국, 나는 옳게 버리지도 못했다.

나는 어떻게 불쑥, 떠오르는 사람이 될까

당신이라서 웁니다

한 정치인이 세상을 떠났다. 2018년 7월, 전쟁처럼 들이닥친 폭염으로 온 국민이 무장군인처럼 예민해져 있는 이때, 나는 그의 죽음에 바치는 세상에서 가장 아름답고 고귀한 애도의 문장들을 만났다. 이 글에서는 그 정치인의 실명은 거론하지 않기로 한다. 따라서 그의 이름이 있는 자리에 그 자리에 없는 웃어른을 높여 일컫는 삼인칭 대명사 '당신'을 놓은 것은 그런 이유다.

당신이라서 웁니다!
하늘에 새로 빛나는 별이 뜬다면 당신이라고 생각하겠습니다!

수식이 최대한 절제된 짧은 문장, 슬픔과 비통함과 상실의 아픔이 더 이상의 표현으로 나올 수 있을까 싶은 문장, 하지만 슬픔의 극대화를 표현한 절창의 문장으로만 느껴졌다면 그의 죽음 보도 이후의 시간 또한 내겐 늘 그래왔듯 무심하게 지나갔을 것이다. 그 정치인 역시 내겐 각종 매체를 통해서만 보고 들었을 뿐 일면식도 없는 그야말로 남이었기 때문이다.

당신이라서 웁니다!
하늘에 새로 빛나는 별이 뜬다면 당신이라고 생각하겠습니다!

세상을 떠난 그의 삶이 그대로 느껴졌다. 그의 사랑과 그의 인생 여정이 그대로 읽혀졌다. 그로 인해 드리워졌던 위로와 온기와 희망이 얼마나 귀한 것인지를 시시각각 깨닫는 하루하루가 흘러갔다.

누구 때문에 울 수 있다니, 그 누군가가 '당신'이어서 내가 울 수 있다니, 이보다 더 극명하게 세상에 끼친 그의 선한 영향력을 대변할 수 있는 말이 또 있는가. 새로 빛나는 밝은 별을 보는 날, 그 별이 하늘로 간 '당신'이라고 생각하겠다니, 이보다 더 큰 그리움을 고백하는 말이 또 있는가.

지금 내가 서 있는 내 자리를 둘러본다. 지금 내 곁에 있는 인연들을 하나하나 떠올려 본다. 그러자 내가 하고 있는 일과 내게서 나온 말과 드러나진 않지만 내가 품고 있는 생각이 주변에 무성한 시선으로 나를 비춘다.

나는 어떻게 불쑥, 떠오르는 사람이 될까

언젠가 내가 떠난 날, 가족이야 당연히 떠난 사람이 '나라서' 울 것이다. 바람만 별다르게 불어도, 어둠을 젖히고 돋아나는 새벽 해를 보아도, 초저녁 새로 빛나는 별을 볼 때도, 어쩌면 그것들을 '나라고' 믿고 싶을 때도 많을 것이다. 어머니 돌아가신 후 내가 그렇게 살고 있으니 말이다.

하지만 다음 수순으로 살면서 엮고 이어온 인연들을 떠올려본다. 그러자 갑자기 훅, 하고 들이 쉬어진 숨이 그대로 멈춘 듯 내쉬어지지가 않는다. 떠난 이가 '나라서' 울고, 어느 저녁 새로 빛나는 별을 보고 '나를' 만난 듯 나와의 시간을 생각할 이 과연 있을까? 아니 이런 걸 생각해도 될 만큼 내 삶은 따뜻했고 친절했으며 한 사람에게라도 위로가 돼 주었을까?

연일 기록을 갱신하는 최악의 폭염 속에서도 온몸의 체온이 영하로 떨어지는 듯 차갑고도 아픈 자기반성의 시간이 이어지고 있다. 어떻게 살다 가야 하는지를, 아니 어떻게 살아야 하는지를 묻고 재정비하는 시간은 그렇게 찾아왔다.

오늘 가슴을 때리는 애도의 문장 하나가 새롭게 눈과 마음에 들어온다.

실수해도 괜찮습니다. 이제는 스스로를 많이 위로해주십시오.

자기 검증으로 불편하고 부끄러우며 따라서 두렵기조차 한 이 때, 눈에 띈 이 조사에 기어코 울음이 터진다. 많은 이를 자기 때문에 울게 하고, 새로 돋는 별을 자기라고 믿게 하는 우리 모두의 당신, 그의 죽음에 바치는 모두의 절규였지만 사실은 죽음으로서 우리에게 들려주고 싶었던 그의 마지막 말이 아니었을까?

실수해도 괜찮아. 이제는 스스로를 많이 위로해 줘!

두 팔을 엑스 자로 교차시켜 내가 나를 안아본다. 그리고 손을 펴 가만가만 나를 토닥토닥해 본다. 조금씩 입안에 따뜻한 침이 고인다.

고맙습니다. 오래오래 그리울 것입니다.

한 아름다운 사람이 이 세상에 왔다가 갔다⋯⋯

질긴 놈이 모진 놈을 이긴다!

온다는 예감도, 오라는 초청도, 간절한 구애도 없었는데, 불쑥 들이닥쳐 희망과 의지와 다짐과 함께 살아갈 힘을 새롭게 실어 주는 순간을 맞았다. 특별히 가깝다고는 할 수 없지만 마음 한 켠에서 잔잔한 그리움과 궁금증을 갖게 하던 지인이 보낸 짧은 문자가 그랬다.

"질긴 놈이 모진 놈을 이깁니다."

오랜만에 받은 문자였다. 취업을 했다는 소식과 함께 나이 들어서 새로 들어간 직장에서의 애환을 그녀는 이 한 문장으로 내게 전했다. 전혀 경험해보지 못한 직종의 업무인데다 상급 직원들 대부분이 조금 부풀려 말하자면 자식뻘, 여유 있게 말한대도 막냇동생뻘이라는 부연 설명에서 이 말이 나온 의미는 충분히 감지되고도 남았다.

'모진 놈'과 '질긴 놈'의 구분은 읽는 순간 분별이 되었다. 그래서일까? 나는 답신으로 '짝짝짝' 이라는 박수를 지체 없이 보냈다. 물론 한마디 덧붙이는 것도 잊지 않았다.

"명언일세.
우리 함께 질겨봅시다."

질기다는 의미가 가슴을 다 밝히고도 남을 만큼 벅찬 햇덩이처럼 느껴진 것도 처음이었다. 온몸의 핏줄 하나하나가 동시에 점등된 것처럼 눈부신 열기가 그날 이후 이어졌다.

생각해보면 '질기다'는 단어는 말로 해 본 적도, 글로 써 본 적도 별로 없는 것 같다. 그런 반면 '모질다'는 단어는 여러 의미로 상용되어 온 것도 같다. 작품을 쓸 때 특히 고난과 슬픔을 묘사하는 부분에서 갖가지 변주를 거치며 써 온 기억이 난다. 난공불락! 대항할 수 없는 어떤 상황이나 사람, 시간 등이 '모진'이라는 단어로 압축되고 변용되었고 때문에 부정적인 단어로 내겐 입력되어 있다.

사전을 찾아보면 사실 모질다와 질기다는 둘 다 형용사로서 거의 같은 뜻이다. 다만 모질다는 질기다가 갖고 있는 의미에 더

나는 어떻게 불쑥, 떠오르는 사람이 될까

해 '나쁜' 이라는, 그것도 대부분 사람에 해당되는 직접적인 부정성을 한 겹 더 갖고 있다. 때문에 쓰기도 읽기도 꺼려지는 것은 물론 모질다는 형용사가 붙는 것만으로도 진저리가 쳐지는 것이다.

그런데 그런 '모진 놈'을 '질긴 놈'이 이긴다니! 쉽게 닳거나 끊어지거나 부서지지 않고 견디는 힘이 있다는 질기다는 뜻이 이렇게 아름답게 다가온 적이 있었던가. 나약함의 정 반대의 말, 도전과 모험과 마침내 승리를 잉태하는 말, 그래서 희망과 의미와 감사를 수락하게 하는 말, 마침내 주인공으로 나를 서게 할 말, 질기다는 그렇게 초강력한 긍정의 의미로 나를 흔들었다.

그래서일까? 오고 있는 가을이 열정과 끈기와 용기로 무장한 단단한 심장처럼 느껴진다. 오기도 전에 기별만으로도 서늘하고 쓸쓸해서 저절로 힘이 빠졌던 가을인데 말이다.

자신을 다잡는 의지의 표현으로 지인이 보내온 짧은 문장이 이 가을 내게 온 최고의 응원이 되는 이 긍정의 확산성에 경의를 표한다. 나를 힘들게 하는 모든 걸 이기는 방법은 그것들에 대항하는 내 마음과 몸이 더 질겨지면 되는 것이다. 상처 없이는 내 공도 쌓을 수 없다. 모진 사람이나 상황과 대치해보지 않고선 내 의지의 단단함도 확인되지 않는다. 울어본 사람만이 남의 울음 앞에 손수건을 건넬 마음도 가질 수 있는 법이다.

그렇다면 우리가 맞닥뜨린 '모진' 그 무엇이 그렇게 부정적인 것만은 아니지 않을까. 새로 시작된 지인의 직장 생활이 그녀의 의지만큼 '질기게' 자신을 붙들 수 있기를 빌어본다. 그리하여 '모질다'는 것으로 압축되는 상급 직원들이나 분위기를 거뜬히 이겨내고 마침내 순항하기를 진심으로 바란다. 이것은 곧 나 자신에게도 주는 주문이다.

따지고 보면 우리가 살면서 받은 상처나 괴로움, 패배의식은 상대나 상황의 탓이기보다는 나 자신의 나약함, 이 꼴 저 꼴 보기 싫다는 이유를 내세워 자청한 포기, 홀로 독야청청을 꿈꾸는 비겁한 나르시시즘에서 비롯된 것이 훨씬 많은 게 불편한 진실이다.

지인은 그걸 과감히 물리친다고 선포했다. 나는 거기에 숟가락 하나를 얹는 심정으로 응원을 보낼 것이다. 나이만큼 질겨지고 무뎌지고 견뎌내는 게 잘 사는 삶이란 생각이 드는 탓이다. 그게 안 돼서 슬펐고 울었고 아팠다. 그러면서 남보다 마음결이 곱다고 자찬했고 섬세하다고 나를 달랬다.

나는 어떻게 불쑥, 떠오르는 사람이 될까

이 가을, 나를 찾아온 '질기다'는 단어에 젖 먹던 힘까지 다 내어 내 몸과 마음을 대입시켜 볼 참이다. 그런 후 겨울이 오기 전 나도 누구에겐가 지인의 문장을 내 것처럼 전달하리라.

네 번째 세상에 마중 나온 사람

마중 나온 이가 웃는다. 세상의 예를 다 모은 듯 공손하게 두 손을 모으고 허리를 굽혀 절을 한다.

귀하다.

어여쁘다.

내 살인 듯 부드럽고 내 피인 듯 따뜻하다.

삼십 년 정붙인 듯 어느새 내 온 시간의 주인이 되어 새벽을 열고 대낮을 살게 하며 감사와 안도의 저녁을 맞게 한다.

아들의 결혼으로 나는 한 생에 네 번째의 세상을 살고 있다.

첫 번째 세상은 부모님의 마중으로 "딸"이라는 이름을 가지고 살았다. 단음절의 이름에 맞게 상큼하게 출발했다.

두 번째 세상은 남편의 마중으로 "아내"라는 이름으로 살았다. 두 음절로 늘어난 이름에 가슴과 머리가 조금 깊어졌다.

세 번째 세상은 아들의 마중으로 "어머니"라는 이름을 머리에

나는 어떻게 불쑥, 떠오르는 사람이 될까

쓰고 살았다. 세 음절의 이름은 세상에 대한 경외심과 신에 대한 의탁을 내게 선물했다.

그리고 이제

네 번째 세상, 보는 사람 모두 신기하다 할 만큼 나를 꼭 빼닮은 며느리의 마중으로 "시어머니"라는 가장 긴 이름을 가지고 살고 있다. 첫 번째 세상이 준 이름보다 네 배나 불어난 이름을 나는 새벽 기도 때마다 무릎 꿇고 소리 내어 불러본다.

시어머니…… 누군가의 시어머니라는 자리, '시'라는 관계보다는 '어머니'라는 의미가 더 큰 이름. 불러볼 때마다 어느새 '시' 자는 멀어지고 '어머니'라는 글자만 마음을 꽉 채운다. 그래서일까? 이제는 지인들과의 대화 중에 너무도 자연스럽게 "우리 애들"이라는 복수의 지칭이 나온다. 자식이 하나밖에 없고 나 역시도 무남독녀라 어머니로부터도 들은 적 없었고 나도 해본 적 없는 "우리 애들"이라는 지칭. 내 입에서 나온 그 말에 나는 내가 네 번째 세상에 무사히 안착했음을 다시 한 번 확인했다. 그리고 마중 나온 며느리를 뜨겁게 안았다.

누군가 묻는다.

"시어머니 되니까 어떠세요?"

나는 대답한다.

"시어머니라는 이름까지 얻을 수 있어서 또 하나의 세상을 살게 됐으니 영광이지요."

누군가 또 묻는다. 이 질문은 여러 사람한테 듣는다.

"자식이 하나밖에 없는데 결혼시켜 내보내니 외롭진 않으세요?"

나는 토씨 하나 안 틀리게 같은 대답을 한다. 생각해보니 정말 토씨 하나 안 틀렸다.

"무지무지 외로운데 너무너무 감사해요."

내가 답해 놓고도 너무도 정확한 표현이라 그때마다 머리가 쾌청해진다. 마음이 갈피를 못 잡고 머리가 잡다한 망상에 어지러운 건 정확한 원인을 짚어내지 못했을 경우였다. 그런데 지금 외로움과 감사함의 두 가지 감정은 그 진원지가 어디인지를 분명히 알고 있다. 그래서 명쾌하고 그래서 기꺼이 안고 갈 수 있다.

삼십 년이 넘게 슬하에 두고 살아온 아들이 빠져나간 집안을 보면 외롭다. 그건 사실이다. 아들이 신혼여행을 떠난 뒤 며칠에 걸쳐 아들 방을 정리하면서 울기도 했다. 커튼을 빨아 걸고 침대 시트도 빨아 뽀송뽀송하게 다시 덮고, 한쪽 벽을 채우고도 모자랐던 책들이 나간 빈 책장들 먼지를 구석구석 닦아낸 뒤엔 해지도록 가만히 아들 방에 앉아 있기도 했다.

　　　　　　　나는 어떻게 불쑥, 떠오르는 사람이 될까

그러나 아들 침대에 분홍색 커버를 씌운 베개를 아들 베개 옆에 하나 더 놓으면서는 나도 모르게 웃고 있었다. 언제든 우리 애들이 집에 오면 이 방에서 편하게 쉬게 해야지…… 나는 나란히 놓은 두 베개를 끌어안고 입을 맞췄다. 그리고 온 집안을 왔다 갔다 하며 '감사합니다'를 소리 내어 읊조렸다.

오늘도 나는 눈 뜨자마자 침대에서 일어나 현관 앞으로 나와 성호를 긋고 아들과 며느리의 이름을 부르며 축복기도를 올렸다. 이 축복기도는 이미 지난 수년간 해 온 일이기도 하다. 아들이 학생이었을 때는 등굣길에, 취업을 하고 출근을 할 때부터는 출근하는 아들을 향해 늘 기도했었다. 물론 아들이 엄마의 그런 행위를 혹 불편해하고 또 때로는 민망해할까 봐 보는 데서는 못했다. 나 역시도 조금은 겸연쩍고 또 표시 내는 것 같아 면전에 대고는 할 자신이 서지 않았던 것도 사실이다. 그러나 현관문이 닫히면 그때는 내 목소리의 들림에 상관없이 아들의 하루를 축복했다. 돌이켜보니 그것이 내가 어미로서 아들에게 해 준 최고의 사랑이 아니었나 싶다.

이제 그 기도에 며느리의 이름을 함께 부른다. 먼 길을 걸어와 내 집 식구가 되고 내게 '시어머니'라는 네 번째 이름을 갖게 해 준 귀하디귀한 사람이다. '어머니'라는 이름으로 아들이 씌워준

월계관에 '시어머니'라는 꽃을 활짝 피워줘 맑게 빛나는 이마를 온 천하에 자랑할 수 있게 만들어준 내 며느리의 이름을 부르는 아침, 아들이 떠난 자리가 무지무지 외롭지만 아들과 더불어 부를 수 있는 이름이 하나 더 생겨 너무너무 감사한 아침이 선물처럼 매일 들이닥치고 있다.

육십 해도 채 못 살았지만 나는 한 것도 없이 네 번의 세상을 보았고 네 개의 이름을 얻었다. 복도 이만저만한 복을 타고난 게 아니다. 누구나 다 가질 수 있는 과정이요 순서라고 말하는 이 있는가. 그렇다면 그는 정말 한 점 부끄러움 없이 잘 살아온 사람이거나 행운으로만 도배한 얇은 습자지 속 세상 사람일 것이다.

누군가의 딸로 태어나 아내가 되고 어머니가 되고 시어머니 혹은 장모가 되는 건 여자로서 일생에 세상을 네 번 사는 엄청난 축복이다. 이건 남자도 마찬가지다. 누군가의 아들로 태어나 남편이 되고 아버지가 되고 시아버지 혹은 장인이 된다는 게 신의 가호나 조상의 은덕 없이 때 되면 저절로 오는 명절 같은 게 아니란 걸 사람들은 알기 바란다.

기도 시간이 길어지고 있다. 며느리가 들어왔으니 당연한 일이다. 며느리와 함께 며느리의 친정 식구들을 위한 기도도 자연

　　　　　　나는 어떻게 불쑥, 떠오르는 사람이 될까

스럽게 이어진다. 사돈댁이 평안해야 귀하디귀한 내 며느리가
평화롭고 행복할 것이기 때문이다.

  그리고 나는 벌써 내가 살게 될 다섯 번째 세상을 기다린다.
이 생에서 내가 얻게 될 다섯 번째 이름을 기다린다. 다섯 번째
세상에서 나를 마중 나올 사람을 기다린다. 이 기다림은 참으로
들뜨고 참으로 신비해서 어떻게 설명할 재간이 없다.

  부모의 마중으로 첫 번째 세상을 살았고, 남편의 마중으로 두
번째 세상을 살았으며, 아들의 마중으로 세 번째 세상을 살다가,
며느리의 마중으로 네 번째 세상을 살고 있는 축복을 누리고 있
는 지금, 나는 있는 욕심 없는 욕심 다 내어 '손자'의 마중으로
다섯 번째 세상을 살다 가기를, 내 마지막 이름은 누구누구의
'할머니'이기를 소망한다.

  이름은 그 사람이 살아온 세상을 말해 주는 것이고 그가 살았
음을 증명해주는 것이다. 나를 마중 나오고 내게 이름을 지어준
사람들을 부르며, 그리고 도래할 다섯 번째 세상과 마중 나올 손
자의 보송한 뺨을 그리며, 나는 오늘도 무지무지 외롭고 너무너
무 감사한 하루를 살아가고 있다.

눈은 '내릴 때' 아름답다

눈 내린 다음날 새벽길을 걷는다. 체감 온도 영하 십팔 도라는 기상 캐스터의 목소리가 바짝 조여 두 번 감은 모직 머플러를 냉기로 풀풀 날리게 한다. 해가 뜨기 전의 세상, 아직은 반달도 되지 못한 여윈 초승달이 냉기에 한기를 더한다.

이미 어젯밤에 멈춘 눈은 더 이상 설국을 꿈꾸게도, 부스스 살아나던 그리움이며 소망 같은 것에 숨을 멈추게도 하지 못한다. 춥고, 미끄럽고, 누군가가 앞서 지나간 발자국으로 비뚤비뚤 어지럽다. 먼지가 파고들어 속살까지 휘저어 놓은 눈이 땅에 주저앉아 있는 눈길을 나는 그렇게 걷는다. 새벽인데도 세상이 깨끗하지 않다. 깨끗하지 않는 세상에 나도 내 발자국을 남긴다.

눈 때문이다. 잠시 다녀간, 그래서 더 이상 내리지 않고 사방에 무질서하게 흔적만 내비치고 있는 눈 때문이다. 분명 왔다 간 것이 분명하다. 무심한 눈길도 박히지 않는 구석에서 흔적을 지

나는 어떻게 불쑥, 떠오르는 사람이 될까

우는 시간을 기다리며 쌓여 있는 희뿌연 더미, 눈은 먼지 옷을 입고 바람채찍을 맞으며 세상 다시없는 초라함으로 다 땐 연탄보다도 더럽게 녹는다. 녹지도 못하는 땅에서는 그대로 울퉁불퉁하게 얼어붙는다.

세상 최고의 순결과 천상의 성스러움을 화관처럼 쓰고 있는 '눈'이라는 의미가 살아있는 시간은 그야말로 찰나다. 꿈인 줄 알면서도 행복을 주문처럼 외우던 따뜻한 꿈속 기억처럼! 그러나 꿈은 꿈이다. 반드시 깬다. 꿈에서 천 년을 살았어도 현실에선 기껏해야 하룻밤, 수면제로 억지로 붙들어 맨대도 이틀을 줄곧 잘 수는 없다.

눈이라는 물질만 이럴까? 세상을 덮을 듯 우람하게 내리거나, 머리카락 한 올 겨우 건들 얕은 숨처럼 내리거나, 결국은 질척거리며 녹거나 덕지 낀 더러운 얼음으로 뒹굴다 폐탄광처럼 스러져갈 눈만 이럴까?

어쩌면 사람도, 사람의 시간도, 영혼까지 움켜쥐었다 믿었던 사랑도, 이와 같지 않을까? 오래전 읽은 책 중에 서양화가 황주리의 산문집 『아름다운 이별은 없다』가 있다. 이십 년도 넘는 세월 저편에서 읽은 책이지만 지금까지도 기억하는 건 제목 때문이다. 오늘 눈 내린 새벽길을 걷는데 그 제목이 달빛을 따라 눈길을 비춘다.

아름다운 이별은 없다······
눈과 같지 않은가? 눈이 내리기를 멈추면 아무리 백설탕처럼 세상을 하얗게 덮었어도 그 모습 결국 훼손되고 말 듯이, 사랑도 삶도 진행을 멈추면 그 끝 모습에 누가 아름답다는 상찬을 바칠 수 있는가. 사랑하다 헤어지는데, 살다가 죽는데 말이다.

장갑 낀 손을 깍지를 껴서 가슴에 대본다. 미끄러지지 않으려고 발목에 힘을 주고 걸은 탓인지 두툼한 겉옷 위로 심장 박동이 느껴진다. 나는 아직 내리고 있는 눈이라는 생각이 동트는 햇살과 교차한다. 나는 아직 살아 있고, 때문에 내 시간은 아직 진행 중이고, 따라서 나는 아직 아름답다는 생각이 덤으로 따라온다.

눈이 멈춘 새벽길에서 멈추지 않고 뛰고 있는 내 시간을 만난 오늘, 정오쯤에 속초 바닷가로 홀로 여행을 떠난 후배가 보내온 카톡을 받았다. 총 네 개의 카톡엔 그녀가 보고 있는 바다와 파도, 그것들을 뒤에 거느린 후배의 웃는 모습, 그리고 '심심하고 좋네요.'라는 짧은 메세지가 있었다.

나는 어떻게 불쑥, 떠오르는 사람이 될까

'너는 내리는 눈 같구나…… 살아가고 있구나…… 아름답구나……'

나는 저녁녘에야 이런 답장을 보냈다.

"좋았으리라 생각하다. 혼자 보는 바다, 혼자 맞는 바람, 혼자 겪는 시간…… 엄두는 못 내지만 부럽구나. 하지만 너는 오늘 진짜 혼자였을까? 오늘 나는 네가 보는 바다를 봤고, 네가 맞는 바람을 맞았으며, 네가 겪는 시간을 겪었다. 이런 동행도 있다는 걸 체감한 하루였구나. 덕분에…… 잘 쉬렴. 넌 분명히 좋은 여행을 했다. 덕분에 나도!"

멈춘 눈의 흔적이 절대로 아름답지 않은 모습으로 아직도 곳곳에 보인다. 그것을 바라보고 있는 내 시간은 아직 뛰고 있고 살아 있다. 1월엔 나도 '내리러' 갈 것이다. 눈은 내릴 때 아름답기 때문이다. 삶도 살아 있을 때 아름답다.

기억이 아픈 이유

각인된 목소리이기 때문이다. 각인된 얼굴이기 때문이다. 각인된 몸짓이기 때문이다. 각인된 내음이기 때문이다. 백 년이 흘러도 그 자리 그 시간으로 데려간다. 데려가서 내게 들려주고, 내게 보여주고, 나를 붙잡아주고, 내 오감을 집중시킨다.

기억이 아픈 이유는 그렇다. 내가 나에게 새긴 시간의 문신!

사포로 문질러도 지워지지 않고, 사방의 시간을 끌어와 그 자리에 밀어 넣어도 숨구멍 하나 열리지 않는다.

천 일쯤 자고 나면 딴 세상일까? 천 일의 열 번을 눈 감고 있으면, 돌투성이 샛길이라도 가슴에 뚫릴까? 기도하다 두 손 얼어 열 개의 고드름 쩍쩍 붙는 소리 들리면, 멈춘 달력 찢어내며 오늘로 돌아올까? 일 초마다 헛생각, 헛꿈, 헛이름 부르면, 엉뚱한 사람 되어 엉뚱한 세상에서 정 붙이고 살 수 있을까?

나는 어떻게 불쑥, 떠오르는 사람이 될까

겨우 육십 년 살았는데 육만 개도 더 넘는 기억이 무겁다.

지난 시간의 소환, 기억! 과거는 늘 과장되어 오는 것이지만 그래서 현재보다 선명하다. 미래보다 진짜이며, 꿈보다 적나라하다.

사십 년이 흘렀어도 구구단보다 정확하게 흘러나오는 오정선의 '님을 위한 노래' 가사! 그런 노래가 있다고 내가 말한 사람과, 그 노래를 불러보라고 내게 말한 사람.

동대구역과 서울역과 대구 북부터미널과 신림동과 등촌동과 잠실과 모범부동산과 장미아파트! 국민은행과 안동과 울음과 무서움과 동부간선도로와 창동과 효 요양병원. 보람상조와 을지병원과 창 5동 성당과 용미리 제2 묘역. 바람과 햇살과 소나기와 구름과 아무것도 보이지 않는 하늘과 자꾸만 헛짚어지는 땅과 꼭꼭 여민 커튼과 앙다문 입술……

삼백육십오 일을 하루 삼백육십다섯 개씩 말하라 해도 막힘없이 술술 튀어나와 내 몸에 산을 만드는 것, 들!

기억이 아픈 이유는 그렇다. 내가, 거기, 그 시간에, 울고 웃고 생생하거나 앓으며 있었다,는 것!

최근에 많은 사람의 '기억'을 보고 들은 날이 있었다. 지난해 돌아가신 스승의 1주기를 맞아 제자들이 모인 자리였다. 그분의 묘까지 가서 합창으로 그분의 이름을 부르고 역시 합창으로 울음도 쏟았다. 하지만 우리는 각자 다른 사람을 그리워했다. 그날 스승은 우리 모두의 스승이 아니었다. '너'의 스승이었고, '나'의 스승이었다.

기억이 아픈 이유는 그렇다. 지극히 개인적인 것이기 때문이다.

A에게는 두어 줄 격려 글로 남았고, B에게는 '추워, 추워'가녀린 목소리로 남았고, C에게는 프뢰베르의 시 '절망이 벤치 위에 앉아 있다'로 남았고, D에게는 '가로등에 미등이 켜지는 시간'으로 남았고, E에게는 '멸치와 고추장'으로 남았고, F에게는 '박카스와 우루사'로 남았고, G에게는 이름도 알 수 없는 '가는 담배'로 남았고, H에게는 '병맥주'로 남았고…… 그리고 Z에게는 '벌판 같은 외로움'으로 남았다.

마흔두 명이 모인 자리에서 스승은 마흔두 사람이 들어앉은 무덤으로 우리를 맞았다.

일동 스승님께 묵념!

나는 어떻게 불쑥, 떠오르는 사람이 될까

같은 시간에 같은 각도로 머리를 숙였지만, 그 잠깐의 시간 우리는 '우리'의 스승을 만난 게 아니었다. 너의 스승이 나에게는 생면부지의 사람이었고, 나의 스승이 너에게는 이름도 가뭇한 잘 모르는 사람이었다.

우리가 스승을 처음 만났을 때, 그때 스승의 나이를 훌쩍 뛰어넘은 마흔두 명, 하나의 무덤 앞에서 우린 각자 다른 하늘을 지고 있었다. 각자 다른 땅을 밟고 있었다. 마흔두 개의 하늘과 마흔두 개의 땅이 각자의 가슴에서 치솟거나 흔들렸다.

각자의 기억은 각자가 가진 것일 뿐이라는 걸 깨닫고 돌아오던 길, 서울로 들어오는 고속도로엔 이미 밤이 와 있었다.

모르겠다. 나는 '밤'이었는데 너는 또 '무엇'이라 할지!

기억은 그래서, 아프다!

'울창'하게 살아 본 적이 없다는 당신에게

  오랜만에 불쑥 나타난 단어 하나에 온 시간이 정지된 듯하다. 언제 만나고 어떻게 잊어버렸는지도 알 수 없다. 하지만 분명히 알고 있는 단어! 한번쯤은 내 입에서 나오고 또 한번쯤은 문장에 섞어서 썼을 수도 있는 단어! 그런데 그것이 언제였는지는 알 수 없다. 언제였는지…… 어쩌면 이리도 자연스럽게, 너무도 당연하다는 듯 과거형의 말을 내뱉고 있을까?

  울창!

  명사 〈울울창창〉의 준말, 주로 큰 나무들이 빽빽하게 들어서 매우 풍성하고 푸름. 더 이상의 설명이 오히려 사족이 되는 말 중에 이보다 더 즉각적이고 분명하며 정곡을 찔리는 말이 있을까? 밝고 맑으며, 싱싱하고 뜨거운, 한여름의 장마도 그 안에선 쨍쨍한 햇빛으로 풀풀 털고 일어나며, 홀로가 아니고 무리인, 그래서 한 사람의 웅변이 아니라 집단의 함성 같은 단어.

나는 어떻게 불쑥, 떠오르는 사람이 될까

울창!

갑자기 시간이 멈춰버린 것도, 살아온 장면 장면을 들추며 별을 찾고 해를 찾아 허우적거렸던 것도, 현재로는 도저히 끌어올 수 없는 그 단어 때문이었다.

A는 말했다.

"울창? 팔공 학번인 우리에게 무슨 울창? 한 번도 울창하게 살아 본 적이 없었던 것 같아. 청춘도 민둥산처럼 지나갔어. 최루탄만 좌악…… 울창했지."

B도 말했다.

"울창은커녕 새 다리 같은 어린 나무 두어 그루 서 있는 정원만큼도 나는 못 살아봤어. 늘 꿈만 꿨던 것 같아. 실행은 현실이 늘 막았고."

C가 말했다.

"그래도 지나보니 젊음 자체가 울창했었다는 생각이 들지 않아? 지금은 꿈도 어디론가 다 흩어져 버렸지 않니? 울창까진 아니라도 조금은 빽빽한 동산은 우리 모두 가졌었어. 지금이 되어 보니 알겠네. 울창, 오늘의 동음이어는 울음이다. 얘들아, 울자."

처음엔 난감했고 바로 분노가 따라왔다. 세상에, 뭐 이런 일이 있나! 모든 단어와 말은 시제를 어떻게 붙이느냐에 따라 과거와 현재, 미래를 두루 돌아다니는 것 아닌가 말이다.

그런데 A와 B와 C가 내뱉은 '울창'이란 단어는 줄기차게 지나가버린 '과거'를 수식하고 있었다. 물론 이것은 젊음을 지나오고 그 길조차 가물가물한 우리 나이들이 한 말이니 전 인류에게는 해당되지 않는다. 현재 청춘의 한복판에 있는 젊은이들과 또 거기 있지 않은 다른 우리들, 혹은 더 연로한 사람들 중에라도 기꺼이 '현재형', 혹은 '미래형'으로 자신의 시간을 수식할 수도 있지 않겠나.

그날 나는 한마디도 덧붙이지 못했다. 예고 없는 충돌처럼 무방비 상태였고, 그 충돌이 덮쳐버린 몸 어느 한 부분도 아프지 않은 곳이 없었다. 알고는 있지만 낯선 느낌이 너무 강해 알고 있었다는 것도 의심될 만큼, 테이블에 손가락으로 울창, 울창, 쓰고 또 쓰기만 했다. 쓸 때마다 불쑥 튀어나와 옆에 앉는 단어들이 길게 이어졌다.

울창! 울창한 시간, 울창한 웃음, 울창한 꿈, 울창한 사랑, 울창한 최루탄, 울창한…… 늙음, 울창한……

내겐 그런 버릇이 있다. 평상심을 갖기가 힘든 날, 머리와 가

나는 어떻게 불쑥, 떠오르는 사람이 될까

슴이 제각각으로 나를 흔들어 위태로운 조바심이 덮쳐올 때, 그럴 때 나는 순간순간 스치는 단어를 그대로 몇 번이고 써본다.

화가 나면 화, 화, 화를 쓰고 또 쓴다. 일 분 앞도 막막할 땐 막막, 막막, 막막, 이라고 또박또박 쓴다. 눈물이 나면 운다, 운다, 운다, 하고 쓰고, 잠이 오지 않으면 총총, 총총, 너무 총총, 이라고 질릴 때까지 쓴다.

그러고 나면 희한하게도 내가 쓴 단어가 저 멀리 사라지는 걸 느낀다. 그날도 나는 '울창'이란 단어를 그 자리가 끝나고 헤어질 때까지 썼다. 집으로 돌아오는 차 안에서도 차가 멈출 때마다 오른손으로 핸들 둘레에 빽빽이 썼다.

울창한 늙음……에서 멈춘 뒤 더 이상 이어지지 않고 '울창'만 되풀이해 쓰고 있다는 생각이 든 건 아파트 주차장에 들어와서였다. 나는 후배 K에게 전화를 걸었다.

"넌 울창하다는 단어를 들으면 뭐가 생각나니?"
"울창? 꽉 차서 모자람이 없는, 사기충천, 그런 거요."
사전적인 대답이 나온다. 역시 국문과 출신답다.

"그럼 너는 너한테 시간으로 치면, 그러니까 과거, 현재, 미래 중 말이야. '울창'이 어디와 제일 맞는 거 같니? 모두들 과거 일색이어서 묻는 거야. 울창, 그러면 모두 지나왔다고 말들 하니 말이야. 너도 그러니?"

"아니요. 저는…… 미래요. 미래는 모르겠으니까! 가능성으로 봐도 미래는 과거나 현재보단 우위에 있지 않겠어요?"

잠시 적막이 후배와 나 사이에 놓였다. 예상을 벗어나지 않는 대답이다. 내가 아는 한 K는 지금이 가장 울창한 때를 살고 있다. 결혼은 하지 않았지만 오래전에 알았던 사람을 다시 만나 사랑하고 사랑받으며, 재취업에도 성공해 성실하게 다니고 있다. 당연히 생활도 어느 때보다 안정적이고, 사랑받는 사람이 그렇듯 매사에 자신감도 넘친다. 그래서 '미래'라고 답할 수 있는 것이다. 미래는 현재를 담보로 설계되는 세상이기 때문이다.

"언니, 그럼 언니한테는? 내 생각엔 언니는 늘 울창했던 것 같은데……"

늘 울창했다고? 내가? 어느 시기도 아니고 늘? 나가도 너무 나간 것 같은 후배의 말에 귀부터 멍멍해졌다. 나는 귓바퀴를 쥐어뜯듯 손가락으로 비틀며 소리 질렀다.

　　　　　나는 어떻게 불쑥, 떠오르는 사람이 될까

"얘, 너 근거 있는 말을 해. 아무 데나 붙인다고 말이 아니야."

"왜 근거가 없어요? 언니는 늘 치열했잖아요. 기쁠 때도, 슬플 때도, 외로울 때조차 언닌 치열했다고요. 비켜간 적 있어요? 숨은 적 있냐고요. 늘 정면대결해 왔어요. 신기했죠. 저렇게 여리여리한 사람 어디에서 저런 힘이 나오나…… 이제 생각하니 참 울창했다는 생각이 들어요."

정면대결했다고? 어쩌면 그렇게 보였을 수도 있겠다는 생각이 든다. 하지만 후배의 말처럼 내가 모든 것에 정면대결했다면, 그건 내가 힘이 있거나 배포가 커서가 절대 아니었다. 너무 약한 사람이기 때문이었다. 인간이 가질 수 있는 모든 감정과 상황에 대들 엄두도, 무릎 꿇을 자신도 없으니 무조건 '겪어' 보자며 살아왔다.

"제 생각은 그렇지만 언니는 언제를 '울창'에 넣고 싶은데요?"

내가 한 질문의 끝에는 꼭 내 대답도 내놔야 하는 게 경험으로 알게 된 질문의 법칙이다. 이번에도 마찬가지다. 주차장을 나와 아파트를 향해 걷는데 동 앞 정원의 나무 한 그루가 보인다. 나는 수화기를 든 채 나무의 밑동부터 맨 위 가지 끝까지 올려다보았다.

한 곳만 바라보아서일까? 잎이 나지 않은 한겨울의 빈 가지뿐인데도 하늘이 온통 가지 사이로 들어오는 것 같다. 빈 가지에 가득한 하늘이 울창하다.

"울창하다……"
"뭐? 울창하다니, 뭐가요? 언니는 언제냐니까?"
"얘, 너 이거 아니? 울창한 것의 주체만 바꾸면, 다 울창하다는 거!"
"……?"
"나? 난 지금이 울창해. 비록 내가 저 나무 같아도, 저 맨 위 가지 사이로 들어와 꽉 찬 저 하늘을 이렇게 울창하게 볼 수 있으니, 그게 울창이지."

"겨울 한복판에서 잎사귀 하나 없는 나무를 보고 무슨 말 하는 거예요?"
"그래, 네 말처럼 살아오는 내내 나는 울창했었는지도 몰라. 나는 미약했으나 내가 서 있는 세상은 늘 울창했잖아? 왜 내가 울창해야 되니? 이미 울창한 세상에 내가 왔는데?"
"세상이 아무리 울창하면 뭐해요? 내 것도 아닌데. 내가 울창해야 세상도 보이는 거지. 전 언니 말대로라면 세상이 너무 울창해서 나는 그 속으로 들어갈 엄두도 못 내고 살아왔어요. 언니는

나는 어떻게 불쑥, 떠오르는 사람이 될까

언니 자체가 울창했다고요. 언니가 울창해서 많은 걸 걷어내며 지금에 왔단 말이에요. 전 미래에 더 울창할 거예요. 외롭고 가난했고 사랑받지 못했던 옛날은 울창의 울 자도 붙일 수 없었으니까."

너 자신이 울창한 주체가 되어야 하는 네가 어떻게 내 말을 알아듣겠냐는 말이 마음속에 써졌다. K는 시인하고는 아예 말을 말아야 한다는 말을 편잔처럼 남기곤 전화를 끊었다.

울창하게 살아 본 적이 없는가? 그래서 서글프고 자기연민에 가슴 아픈가? 나이가 들수록 '울창'은 과거의 단어라고 그냥 버렸는가? 나는 그날 밤 A와 B와 C에게 오랜만에 손 편지를 썼다. 단 몇 줄의 짧은 글이었다.

"왜 우리가 울창해야 하니?
이미 울창한 세상에 와 있는데!
그래, 최루탄이 울창했던 천구백팔십 년이었지. 하지만 한 학기를 온통 휴강으로 떼우며 배우지도 못한 리포트를 써 내느라 눈물 콧물 범벅으로, 걸어 잠근 대학 정문 앞에서 동동거렸던 우리는, 안 울창했을까?
울창한 시간, 울창한 웃음, 울창한 꿈, 울창한 사랑, 울창한 우정······ 그 안에서 우리는 늘 있었다. 울창한 최루탄은 정점이었지.

　울창했었어. 지금도 울창해.

　우리 울창하게 또 늙자.

　세상은 여전히 울창하게 우리를 품어 줄 테니!"

밤이 울창하게 깊어지고 있었다.

　　　　　　　　나는 어떻게 불쑥, 떠오르는 사람이 될까

당신은 세상 뜰 때 울어줄 사람이 있습니까?

썼을 뿐인데, 그냥 꽤 오랫동안 가슴에서 웅성거리며 떠나지 않던 이 짧은 문장을 그냥 썼을 뿐인데, 인적 하나 찾아볼 수 없는 외딴 곳에 떨어진 기분이 든다.

나무 한 그루도 없고 풀 한 포기 소생 기미도 없는 휑하고 냉기 성성한 세상에서 헤매고 있는 사람, 그 사람은 나일 수도 있고, 당신일 수도 있다. 아니 '우리'라는 게 더 맞을 수도 있겠다.

우는 사람, 울어 줄 사람이 없는 장례식장! 울지 않으니 떠난 이의 영정과, 검은색 상복을 입고 서서, 오는 사람들을 맞아주는 몇 사람만 없으면, 여기가 장례식장인지 친척과 지인들이 모인 회합 장소인지 구분조차도 모호한 곳!

아무도 울지 않는 곳! 솟구치는 눈물을 참느라 충혈된 눈자위를 가진 사람조차도 찾아보기 힘든 곳! 그들이 입고 있는 상복만 아니면 누가 상주이고 누가 조문객인지 구분이 힘든 곳!

이것이 지난 수년간 직간접적으로 보고 들은 장례식장 풍경이다.

나는 그렇다. 부고(訃告)를 들으면, 듣는 순간 상주의 슬픔이 짐작되어 조문을 나서기도 전부터 어떻게 위로하고, 떠난 이에게 어떤 덕담으로 조문객으로서의 예의를 다해야 할까를 생각하고 고민한다.

어머니가 세상을 떠나신 후부터는 더욱 그랬다.

어머니를 잃은 내 처지와 내 아픔이 그대로 살아나, 가까운 사람은 물론이고, 이름과 관계조차도 가물가물한 먼 친척과, 고인이 한 번도 뵌 적 없는 지인의 부모, 혹은 배우자나 형제자매라도 저절로 눈물부터 터졌다. 핏줄로 이어진 혈육을 보내는 사람의 마음을 무조건 나와 같을 거라고 믿기부터 했다.

혈육을 잃은 슬픔은 무뎌지는 것이 아니었다. 시간이 흐른다고 아픔이 가벼워지는 것도 아니었다. 볼 수 없다고 그리움이 옅어지는 것도 아니었다. 어머니를 잃은 상실감은 그 어떤 것으로도 옅어지지 않았다.

　　　　　　　나는 어떻게 불쑥, 떠오르는 사람이 될까

'시간이 약'이라는 말도 틀린 말이었고, 살다보면 받아들여지겠지 했던 이성적인 논리도 비켜갔다. 그런데도 어떻게 살아가고 있는지, 살아졌는지는 지금도 모르겠다. 아마 이건 내가 세상 뜰 때까지도 모를 일일 것이다. '엄마' 하고 부를 때마다 경기하듯이 솟구치는 그리움만 더 확실해지고, 사지를 오그라들게 하는 아픈 마음만 더 사실이 될 뿐이니 말이다.

그래서였을 것이다. 장례식장으로 들어서면서 마음은 이미 울컥거렸고, 나를 맞아주는 상주와 눈을 마주친 순간엔 내가 먼저 눈물이 나와 준비해간 말 한마디 건네지 못하는 일이 부지기수였다.

그러나 잠시 머물다 돌아오는 길은 거의 전부라고 할 만큼 마음도, 눈물도, 갖고 있던 체온마저도, 급속도로 마르고 차가워졌다. 울지 않는 상주를 보는 일은 적어도 나에겐 그랬다. 낯설었고, 어이없었으며, 분노마저 치밀었다. 저러고도 자식인가. 저렇게 미세한 동요도 느껴지지 않는 얼굴로 형제를, 자매를 보낼 수 있는가. 같은 색깔 같은 온도를 가진 피가 흐르는 혈육이라고 할 수 있는가.

"애통한 마음이야 없겠니? 안 운다고 남편이, 아버지가 죽었는데 안 슬플까? 시대가 애도의 모습까지 변하게 한 거지. 얘, 우리 자식들은 울어 줄 것 같니? 아마 걔들은 지금보다 더 안 울걸? 삼일장도 사라질지 몰라. 가족의 상을 치르려면 삼우까지 오일 이상을 묶여 있어야 하는데, 요즘처럼 각박하게 돌아가는 세상에 슬픔에만 빠져 있을 수 있겠냐고. 간 사람은 간 사람이고 살아 있는 사람들은 '살아갈' 일이 또 앞에 있으니까. 벌써 가족이 임종하면 바로 다음날 장례 치르는 집들도 있더라."

그 '살아갈' 세상에 그 사람이 이젠 없는데, '살아갈 일' 때문에, '그 사람이 없는' 것에 단 며칠도 슬퍼할 겨를이 없는 세상이라고? 무연고자도 아니고 가족이 있는데 하루 만에 장례 치르는 집? 무서웠다. 말문이 막히고 온몸의 기운이 다 빠져나갔다. 그런 세상에 살고 있다면 그만 살고 싶다는 생각이 발바닥부터 머리까지 차올랐다.

"나도 우리 아버지 돌아가셨을 때 별로 울지 않았어요. 이월이었는데 제대 후 복학하는 큰애와 그해 대학 신입생이 되는 둘째 등록금 걱정으로, 조의금이라도 많이 들어와 형제들이 얼마씩이라도 나눠가질 수 있었으면…… 그 생각을 더 많이 했거든요. 그러고 있으니 죽은 아버지 얼굴보다 등록금 고지서가 더 떠오르는 거에요. 나쁜 년이라고 자책도 했지만 그게 산 사람이더라고요."

친척 오빠의 장례식장에서, 눈물 한 방울 흘리지 않는 그의 부인과 일남이녀의 자식들을 보고 절망한 모습으로 장례식장을 나오는 나에게, 같이 나오게 된 박 여사가 먼저 눈치채고 말을 이었다. 친척 오빠의 맏딸이 다니는 교회 권사라는 여자였다. 살갑고 정이 많아 스치듯 몇 번 봤을 뿐인데도 어머니 돌아가셨을 때 친척 오빠 식구들을 따라 문상 와 준 사람이었다. 반박하고 싶은 마음이야 일박 이일을 해도 모자랐지만 그래서 더욱 아무 말도 할 수 없었다.

"요즘 어느 장례식장에서도 곡은 들리지 않더라고요. 그래서 겠죠? 어머니 돌아가셨을 때 석화 씨 모습 말이에요. 칠십 년대 드라마 주인공 보는 것 같았어요. 어쩌면 그렇게 하염없이 울어요? 물론 석화 씨는 형제가 없으니까 형제 득실한 우리들과는 슬픔의 차이가 있겠지만, 하도 장례식장에서 오랜만에 본 상주 울음이라 신기하기까지 하더라니까요? 그러면서 석화 씨가 사는 데는 별 문제 없다는 게 짐작되더라고요. 누군들 슬퍼만 하고 싶지 않겠어요? 가족이 죽었는데. 사는 게 팍팍하니 슬픔도 뒷전인 거죠."

박 여사의 눈물이 사라진 장례식장에 대한 변호는 분명 설득력이 있었다. 나의 울음을 사는 데 별문제 없다고 짐작했다는 것엔 쓰고 허탈한 한숨이 나왔지만, 현실의 무게를 울지 못하는 이유로 내세울 때는 이론적으로는 이해도 가능했다. 하지만 눈물이, 그렇게 분별 가능한 것일까? 가족과의 사별이 무엇에 밀려 후순위가 될 수 있는 슬픔인가?

억지로 양보해도 그렇다. 그런 말도 있지 않은가. 상주를 포함해 조문객들이 상갓집에서 우는 건, 고인에 대한 애도나 상주의 슬픔을 나누기 위한 것보다는, 제각각 자기 설움에 겨워 우는 거라고. 울고 싶은데 울어도 되는 멍석을 깔아놓은 상갓집이야말로, 각자 울고 싶은 이유로 눈물 쏟아내도 되는, 고인이 주고 가는 마지막 선물이라고. 그런데도 울지 않고, 울지 못하는 사람들…… 나는 말 안 하기로 작심한 사람처럼 입술을 깨물었다.

"우리 자식들을 포함해서 이젠 부모 죽는다고 곡하며 슬피 울 자식들은 사라졌어요. 요즘 애들 얼마나 똑똑하고 영악해요? 그리고 걔들이 살아갈 세상은 우리보다 더 각박할 테고요. 오죽하면 그런 조사 결과가 나왔겠어요? 부모 나이가 언제 돌아가시는 게 적당하냐고 묻는 질문에 육십삼 세라고 답한 게 압도적이었다는 거. 왜 육십삼 세냐고 다시 물었더니, 낳아서 키워주고 대학까지 공부시켜 주고, 결혼까지 시켜준 다음엔 부모 역할이 끝난다는 거예요. 그러니 부담주지 말고 돌아가시라는 거죠. 참,

나는 어떻게 불쑥, 떠오르는 사람이 될까

그 말 듣는데 억장이 무너지더라고요."

그날 나는 집으로 돌아와 바로 제대 앞에 앉았다. 그리고 한 가지 기도를 더 추가해서 손을 모았다.

"언젠가 제가 죽으면 하나밖에 없는 제 아들과 며느리, 손자손녀가 진심으로 슬피 울 수 있는 어머니요 시어머니, 할머니가 되게 해 주세요. 그리고 한 가지 더 욕심을 부려도 된다면, 살면서 맺어온 인연 중에 저와의 시간을 기억하며 뜨겁게 울 수 있는 사람을 한 사람이라도 갖게 해 주세요."

내 몸의 솜털 숫자까지 알고 계신 주님은 아실 것이다. 이 기도가 얼마나 많은 청원과 내 다짐을 내포하고 있는지.

아들 내외의 삶이 안녕과 평화와 행복으로 이어지길 비는 마음이 그 안에 있다. 슬플 때 마음껏 울 수 있도록, 아들 내외에게 울음을 가로막는 세상살이의 고난이 없기를 바라는 마음이 그 안에 있다. 나의 죽음이 아들 내외에게는 그 어떤 이유로도 뒷전으로 밀리지 않도록, 여한 없이 사랑한 부모와 자식이 되기를 바라는 마음이 그 안에 있다. 그런 삶이 가족 모두에게 주어져 내가 떠날 때는 이별이 진정 아름답고 슬플 수 있기를 바라는 마음이 그 안에 있다.

그리고 나 자신을 위한 청원, 이건 무엇보다도 선행되어야 할 조건이다. 내가 세상 뜰 때까지 세상 그 누구에게도 짐이나 부담, 근심거리가 되지 않게 건강을 지켜달라는 간절함…… 이건 정말 사람의 의지만으론 되지 않는 일이라 기도하는 손에 더 힘이 들어간다.

그리고, 생각하는 것만으로도 애틋한 몇몇 인연들…… 그들을 더 많이 사랑해 주고, 더 많이 기도해 주는 삶을 살아야겠다는 의지도 그 안에 있다. 내가 없는 세상이라도 그들이 아프거나 외로울 때 가장 먼저 떠오르는 사람이 될 수 있도록, 죽어서 사라지는 게 아니라 죽어서 더 마음껏 찾을 수 있는 사람, 그래서 우리가 동행했던 시간이 귀한 축복으로 간직될 수 있도록…… 나는 오늘도 기도한다.

사랑을 다짐하고, 노력을 다짐하고, 순종과 희생을 다짐한다. 모든 기도는 그렇지 않은가. 그렇게 되도록 해 달라는 청원 속엔, 그렇게 될 수 있게 내가 더 노력할 수 있도록 지켜주고, 도와주고, 이끌어달라는 그것, 아닌가.

나는 어떻게 불쑥, 떠오르는 사람이 될까

장례식장에서 슬피 우는 사람이 그리운 시절이다. 고인과의 사무친 정 때문이든, 상주의 피가 마르는 상실감 때문이든, 그도 저도 아니면 자신의 처지에 대한 막막함 때문이든, 눈물 콧물 범벅이 된 슬픈 얼굴들이 그리운 시절이다.

죽음은 세상에서 제일 슬픈 이별이다. 제일 슬퍼서 제일 오래 기억되는 이별이다. 제일 오래 기억되기 때문에 가장 정직한 이별이다.

있는가! 당신 죽어 세상 뜰 때 울어줄 사람!

있는가! 마음의 온도 낮추지 않고 당신, 오래 기억해 줄 사람!

그 사람의 날짜

한 사람의 일생에서 그가 기억하는 날짜, 기억해야 하는 날짜는 몇 개 정도일까? 그리고 그 날짜는 어떤 의미, 어떤 시간으로 오고 갈까?

해마다 얻어지는 365일, 1월부터 12월까지 삼백육십다섯 개의 날짜가 들어찬 달력을 펼쳐본다.

별표를 하고 별표의 의미를 적고, 평상시완 분명히 다른 마음으로 기억을 환기시키는 그런 날짜들이 보인다.

대부분이 기쁘고 환영해야 할 날짜들이다. 가족의 생일과 결혼기념일, 특히 아들이 결혼해 분가한 후론, 며느리의 생일도 구월의 아주 행복한 일정이 되어 예쁜 별 모양으로 빛나고 있다. 당연히 아이들이 보내오는 신혼의 알콩달콩한 이야기들, 전화로 듣거나 집에 와서 들려준 이야기들도 우리집 달력에선 맑은 날 한밤중 하늘의 별처럼 반짝이며 돋아난다.

나는 어떻게 불쑥, 떠오르는 사람이 될까

며느리가 처음으로 순두부찌개를 만들어 아들이 맛있게 먹는 사진을 보내온 날, 두 아이가 마트에서 장보는 사진을 보내온 날, 아들 내외와 영상통화를 한 날, 아들의 후진 주차 장면을 동영상으로 보내온 날…… 아카시아가 흐드러진 석촌호수에서 아들 내외의 행복한 데이트 장면을 사진으로 본 날……

별 희한한 것도 다 기념일이라며 별표를 치고 챙긴다는 주변의 편잔을 들으면서도 내겐 새로 받은 일 년이란 시간 속에서 절대 놓치고 싶지 않은 행복한 날짜들이었다.

그런데 오늘, 달력을 넘기다 8월에서 숨이 딱, 멈춰지는 날짜와 마주쳤다. 돌아가신 어머니의 기일 앞에서였다.

어쩌면 지난 주말에 집에 온 아들 내외와 함께 본 영화 〈생일〉의 여운이 채 가시지 않아서였을지도 모르겠다.

세월호에서 자녀를 잃은 부모의 아픔과 그것을 극복해나가는 노력이 자식을 가진 입장에서 거의 오차 범위 없이 전달되어 많이 울고 본 영화였다.

죽은 아들의 생일잔치라니! 처음에는 말도 안 되는 설정이라고 생각했었다. 그러나 잔치에 초대된 아들의 친구들과 이웃들로부터 갖가지 아들과의 에피소드를 나누는 동안 극중 부모보다 내가 먼저 위로를 받고 있다는 게 느껴졌다.

상실의 아픔은 '있었던' 사람을, 그리고 그 사람이 '살았던' 시간을, 기억해주고 간직해주는 사람이 없다고 느낄 때, 더 커지는 법이다. 그래서 나라도 더 오래, 더 생생하게, 보듬어줘야 한다는 절체절명의 마음이, 유족에겐 필수불가결의 의무가 되어 함께 한다.

영화 〈생일〉은 거기서 빛났다. 죽은 아들의 생일잔치에 초대된 많은 사람들의 이야기를 들으며, 아들이 이 많은 사람과 함께했고, 그 사람들이 부모도 모르는 아들의 버릇과 말투까지 알고 있으며, 아들의 꿈까지도 전해주는 걸 보며, 아들의 부재보다는 '존재했음'이 더 크게 부각된 것이다.

그래서였을 것이다. 어머니의 부재에만 함몰된 시간을 사느라, 어머니가 계셨던 시간까지 슬픔으로 덮어 누르고 있었다는 자각이 온 머리를 덮쳤다. 허겁지겁 달력을 넘기고 젖혀본다. 역시…… 없다! 음력 6월 12일, 양력으로 7월이면 늘 있었던 어머니의 생신 날짜가 어느 사이 달력에서 사라졌다.

대신 어머니가 살아계실 땐 본 적도 들은 적도 없던 생면부지

나는 어떻게 불쑥, 떠오르는 사람이 될까

의 날짜가 '어머니 기일'이란 이름으로 내 눈앞에 나타난다.

아직도, 어머니라는 말만 들으면 가슴이 밀물처럼 들어차는 울음에 두 발을 동동거리다가 고꾸라져 우는데, 그런 나를 아는 지인들로부터 이제는 그만 어머니를 보내드려야 한다는 위로와 조언을 받을 때마다 불같이 분노하며 귀를 막았는데, 그런 내가, 어머니의 생일을 지웠다니! 생일 대신 기일을 어머니를 기념하는 날로 대체하고 있었다니!

그것은 어머니 돌아가신 이후 처음으로 맞닥뜨린 충격이었다.

왜, 당연한 듯 어머니 생일을 잊었을까? 이제 세상에 안 계시니 잊어도 되는 날이라고 생각했을까? 죽음은 그런 것인가. 사는 동안 귀했던 모든 일정과 사연이 멈춘 자리에, 죽은 자는 기억할 수 없는 새로운 날짜 하나 덩그러니 들어앉는 어색한 조우 같은 것인가!

기일은 떠난 자의 날짜가 아니다. 남은 자들의 날짜다. 상실을 재확인하게 하고, 후회와 자책, 그리움까지 남은 자들만의 몫이 된다. 그러나 생일은 다르다. 떠난 이와 동행했던 시간의 발자취가 추억으로 공유되고 '함께 한' 날들을 다시 데려온다.

나는 오늘 집안에 있는 달력마다에 어머니 생신 날짜를 찾아 별표를 쳤다. 기일이란 날짜 앞에서는 도저히 불러내지지 않던 어머니와의 많은 시간이, 생신에 별표를 치자마자 줄줄이 떠오르며 생생하게 나를 감싼다.

올해 어머니의 생신 땐 어머니를 아는 분들께 전화를 드려야 겠다. 영화 〈생일〉의 부모처럼, 내 어머니를 기억하는 사람들로 하여 어쩌면, 어쩌면 나도 웃을 수도 있지 않을까?

나는 어떻게 불쑥, 떠오르는 사람이 될까

조수미의 '셈 치고 놀이'를 배웠다

신기했다. 반갑고 들뜨고 호흡 수가 늘어나며, 처져 있던 맥박 수도 튀어 오르는 것 같았다.

세상에, 이런 놀이가 있다니! 이렇게 모든 걸 갖춰주고, 모든 걸 가능하게 해 주는 이런 놀이가 있다니!

생각과 마음에 작은 기둥 하나 세웠을 뿐인데, 안 되는 일 없고, 만나지 못할 사람 없으며, 갖지 못할 것이 없게 하는 이런 놀이가 있었다니!

부족함이 채워지고, 후회가 날아가며, 미련이 메워지는 이런 놀이가 있다니!

( ) 셈 치고!

안에 무엇을 넣든 다 내 것이 되는 괄호 놀이!

방송에서 오랜만에 만난 조수미에게 나는 환호했다. 최근에
그녀는 세상의 어머니들에게 바치는 음반을 냈다. 치매에 걸린
어머니가 자식도 몰라보는 지금, 그래도 노래는 기억하는 것을
보고 정성을 다해 기획한 음반이라고 했다.

"아시다시피 제가 어머니 곁에 늘 있을 수 없잖아요? 그래서
딸이 옆에 있는 '셈 치고' 늘 들으실 수 있도록 어머니 살아계실
때 어머니에게 제 목소리를 헌정하고 싶었어요. 〈사모곡〉이죠.
지금의 저를 만들어 준 어머니에게 딸이 바치는. 저는 그렇게
'셈 치는 놀이'를 하며 여기까지 많은 걸 버텨내고 이겨냈던 것
같아요."

"셈 치는 놀이? 그게 뭐죠?"

그녀는 말했다.
"어렸을 때부터 엄마에게 배운 익숙한 놀이였어요. 뭘 조를 때
그것이 엄마 형편으로 불가능하면 '애, 그거 있는 셈 치면 안 되
겠니?', 어디 가고 싶다고 칭얼대면 '애, 거기 가본 셈 치면 안
될까?', 그런데 희한하죠? 정말 그렇게 느껴지는 거예요. 그거

　　　　　나는 어떻게 불쑥, 떠오르는 사람이 될까

먹어본 것 같고, 거기 가본 것 같고, 그 장난감 갖고 있는 것 같고…… 정말 그랬어요."

이 상쾌하고도 통쾌한 반전의 충격은 뭐지? 갑자기, 정말, 그래. 갑자기였다. 난데없이 환하게 열리는 하늘을 처음 본 사람처럼 나는 있는 힘껏 눈을 부릅뜨고 TV 속 조수미를 바라보았다.

어느덧 나는 한국이 낳은 세계적인 소프라노 조수미를 '직접 만난 셈 치고' 저 말을 듣고 있는 내 모습에 완전히 몰입되어 있었다. 그 느낌은 정확했다. 바로 앞에 그녀가 있는 것처럼 경청하는 내 자세가 그랬고, 그녀의 말 한마디에 반응하고 있는 내 몸짓이나 내 눈빛이 그랬다.

"서울대를 중퇴하고 성악의 본고장인 이태리로 어머니에게 떠밀려 유학을 갔어요. 그땐 정말 어머니를 증오했죠. 이 무섭고 낯선 타국으로 딸을 보내다니, 그것도 달랑 혼자! 그래서 어쩌면 더 독하게 했는지도 모르겠어요. 오 년제인 음악원을 이 년 만에 조기 졸업하고 동양인으로선 처음으로 오페라 주인공을 맡았죠. 지휘자는 물론이고 스텝 어느 누구도 저를 인정하지 않았어요. 의외라고 외치고 있는 것 같은 불신의 눈빛, 동양인 주제에 자기들 영역인 오페라 무대에 서게 된 저를 얕잡아보는 몸짓,

대단했죠."

당시의 상황이 충분히 그려진 MC가 안타까움이 가득한 목소리로 물었다.

"그래도 어머니가 정말 흐뭇해하셨겠어요. 딸이 음악의 본고장인 이태리에서 오페라 무대에 선 모습을 보시는 마음, 아, 진짜 얼마나 좋으셨을까요? 스물두 살 어린 딸을 그 먼 나라에 유학을 보내놓고, 어머니가 참고 겪으셨을 많은 시간이 그렇게 큰 보람으로 돌아왔으니까요."

조수미는 오른손을 들어 검지를 좌우로 흔들며 고개까지 저었다.

"딸이 세계적인 프리마돈나가 되는 게 소망이셨던 어머니는 저의 데뷔 무대를 볼 수 없었어요. 당시 그곳까지 오실 경제적 여력이 안 됐던 거죠. 저는 그때 정말 어머니가 필요했어요. 그렇게 미웠던 어머니가…… 어머니의 사랑과 인내를 그제야 알게 된 거죠. 그런 어머니니 제일 앞자리에서 바라만 봐 주셔도 얼마나 제게 힘이 됐겠어요? 그래서 그때, 또, '셈 치고 놀이'를 했죠. 그래, '엄마가 저기 저 자리에 있는 셈 치고' 노래하자! 그랬더니 정말, 어머니가 거기 계신 거예요. 딸이 자랑스러운 눈빛으로 두 손을 모으고요."

나는 어떻게 불쑥, 떠오르는 사람이 될까

"정말, 그게 되던가요?"

"못 믿겠죠? 하지만 돼요. '셈 치고'는 마음을 바꾸는 것이니까요. 그것도 남의 마음이 아니라 내 마음을 잠시 이동시키는 거니까, 내가 그렇게 믿으면 세상은 따라 움직여 주는 거예요. 여러분도 한번 해 보세요."

셈 치고!

있고 없음의 한계와, 멀고 가까움의 한계, 사실과 상상의 한계를 뛰어넘게 하고, 나아가 사랑과 이별의 한계까지 전복시킬 수 있는 신기한 이 놀이에 나는 매료됐다.
부족할 것도, 그리울 것도, 후회도 이 한마디면 다 채워졌다.

결혼해서 분가한 아들에 대한 그리움도 십여 년 전처럼 '군대 보낸 셈 치면' 오히려 그때보다 훨씬 안정감을 주었고, 분당에 아들 살림집을 내준 후, 같은 아파트에 혹은 아래 위층에 자식들을 두고 사는 친구들에 대한 부러운 속내도, 너무 가까이에 살면 신경 쓰고 챙겨줄 것이 많아 '일부러 뚝 떼 보낸 셈 치면' 허전함이나 속상함 같은 마음의 균열은 많은 부분 메워졌다.

어디 그뿐인가.

돌아가신 어머니에 대한 불에 덴 것 같은 그리움도 어머니가 '친정인 대구에 멀리 계신 셈 치면' 억지이긴 하지만 참아졌고, 더 좋은 글을 쓰고 싶다는 열망도 사람들이 못 알아봐서 그렇지 '이미 써가고 있는 셈 치면' 불안은 반으로 줄어들었다. 형제가 없어 늘 바람막이 없는 벌판에 서 있는 것 같던 외로움도 '서로 타지에 살고 있는 셈 치면' 견딜 만했다.

날이 흐리다. 미세먼지가 유령처럼 온 세상을 탁하게 감싸고 있다. 나이가 들어갈수록 마음이 가팔라져 살아내고 있는 시간이 우울과 회의에 잠식당할 때가 많다. 아무리 번화한 거리를 걸어도 인기척 없는 좁은 골목길을 홀로 걸어가는 것처럼 시야도 마음도 적막하다. 하지만 괜찮다.

'셈 친다'는 것은 마음자리를 어디에 두냐는 것이다. 마음의 출구를 새로 내는 일이다. 꽉 막힌 벽만 보고 걷다가 그저 우향우나 좌향좌를 한번 했을 뿐인데, 그곳에 이미 커다랗게 나 있는 창을 발견하는 일이다.

그렇게 살 것이다. 아직 젊은 셈 치고, 아직 예쁜 셈 치고, 부

나는 어떻게 불쑥, 떠오르는 사람이 될까

모 형제 남편 자식 따뜻한 식솔로 보듬고 챙겨야 하는 시간 아직
도 많이 남은 셈 치고, 살 것이다.

정말 그렇게 살 것이다. 매일 걸려오는 아들의 안부전화도 차
몰고 십칠 분 거리의 분당이 아니라, 슬리퍼 끌고 걸어서도 갈
수 있는 옆 동에서 오는 셈 치고, 외로움이나 헛헛함 같은 정신
적 공터도 작가인 나에게 신이 준 덕목이요 자격인 셈 치고, 그
렇게 나이 들수록 광활한 이 세상을 죄다 내 영토인 셈 치고, 지
금 이 나이를 살아가면 되지 않겠는가.

내가 그렇게 '셈 친다'는데 누가 그걸 아니라고 할 것인가.

현재는 미래보다 훨씬 '진짜 시간'입니다

모두에게 물었는데 내가 대답해야 한다는 의무를 느낄 때가 있다. 보편적인 대답을 기대하는데, 나 개인의 특별한 답을 내놔야 할 때가 있다. 삼 년 만에 지인 Y의 전화를 받은 후, 지금 내가 그렇다.

처음 며칠은 그녀가 근황이라며 알려준 '하는 일' 때문에 솔직히 마음이 아팠다.

"나 요새 뭐하는지 모르죠?"

삼 년 만에 불쑥 전화를 걸어놓고 Y는 대뜸 묻기부터 했다. 비슷한 시기에 문단에 나온 데다 연배도 비슷해 알고는 지냈지만, 특별한 정을 나누는 사이는 아니었기에 솔직히 나는 아무것도 궁금하지 않았다. 아니 궁금할 그 무엇도 없을 만큼 그녀를 모르고 있다는 것이 더 옳다.

　　　　　　　나는 어떻게 불쑥, 떠오르는 사람이 될까

"나 요즘 일하고 있어요. 놀랐지? 직장 생활이라곤 하루도 해 본 적 없는 내가 다 늦어 일을 한다니까. 삼 년 됐네. 돈도 벌면서 좋은 일도 하는 일이야. 이 일을 하는 사람들이 자기최면처럼 내세우는 구호겠지만."

솔직히 처음에는 당황스러웠다. 그 당황스러움은 알게 모르게 내 안에 똬리를 틀고 있는 편견과 선입견 때문이었을 것이다. 그녀의 나이 육십여덟, 대졸 학력을 가졌고 신춘문예 당선이란 화려한 등단 절차를 거쳐 두 권의 소설까지 펴낸 작가! 몇 번 마주쳤던 기억을 재빨리 훑어봐도 사는 형편이 힘들어 보이진 않던 사람! 수화기를 들고 있는데 생각이 더 이상 뻗어나가지 못하고 제자리를 맴돌았다.

그런 나를 훤히 보고 있는 듯 Y의 다음 말이 들려왔다.

"놀랐구나? 당연해. 나도 내가 타인 같은데…… 고학력이 업종에 따라선 치명적인 단점이 될 수 있다는 것도 이 일 하며 알았으니까. 처음에 멋모르고 이력서 내라길래 사실대로 적었다가 면접 때 오히려 망신만 당했지 뭐야. 왜 옛날에 대학생들이 노동 현장에 위장 취업해 노동자들 의식운동 했잖아? 그런 사람 보듯이 하더라니까? 그래서 다음엔 확 깎아 중졸로 적었더니 써주더라고. 근데 진짜 자기 많이 놀란 것 같다?"

"아니, 그게 아니라…… 물론 나는 사실 Y에 대해 아는 것이 없고, 지금 하고 있다는 일도 어떤 일인지 모르지만, 왜 Y가 일을 한다는 건지…… 내 말은 Y는 작가잖아요? 작가가 그 시간에 글을 쓰는 게 할 일이고 해야 할 일이 아닌가…… 그런 생각이 들어서……"

상처주지 않고 격려와 응원은 아니라도 인정은 해야 된다는 강박에 자꾸 끝말이 제대로 맺어지지 않았다.

"하는 일? 해야 할 일? 작가는 따로 있는 거야? 난 이제야 내가 진짜 작가 같은데? 그래서 자기한테 오늘 내 소식도 알린 거고. 자기는 모든 경우의 수를 대입하여 사람 이해하는데 명수잖아? 아닌가? 지금 보니 엄청 편견이 많은 사람이었네."

뜬금없이 전화한 사람으로부터 억울한 꾸중을 듣는 기분이었다. 무슨 일을 한다는 건지도, 그렇다고 자신의 상황을 제대로 전하지도 않아 이해의 폭을 넓혀주지도 않았으면서, 그동안의 저장된 기억으로 대응하고 있는 내게 편견이 심하다니! 운수 나쁜 날이라는 생각마저 들었다.

누가 궁금해했다고 몇 년 만에 자기 멋대로 전화를 해서, 묻지도 않은 근황을 말하더니, 그 반응이 자기 뜻에 맞지 않는다고

나는 어떻게 불쑥, 떠오르는 사람이 될까

사람을 올렸다 내렸다 하는가 말이다.

　나는 통화를 끝내야 한다는 생각으로 마무리 말을 준비하며 가만히 있었다. 그러자 켜켜이 쌓인 짙은 구름을 뱉어내는 것 같은 Y의 한숨이 계속 수화기를 통해 들려왔다.

　얼마나 시간이 흘렀을까? 마무리 말은 떠오르지 않은 채 이어지는 Y의 한숨에 나도 무거워지고 있었다. 그때 잔기침을 몇 번 하더니 마음을 가다듬은 듯한 Y의 목소리가 들렸다.

　"솔직히 나도 나를 몰라서 그래. 어쩌다 보니 지금 '하는 일'은 생각지도 않았던 일이야. 이상한 나라에 어느 날 갑자기 뚝 떨어진 느낌은 여전하고. 그래서일까? 이게 내가 '해야 할 일'인가 하는 회의와 질문이 자꾸 드네. 물론 나는 지금 하는 일도 작가로서 내 작품을 위해 필요한 취재라 생각하지만, 의지가 현실을 이기게 하려니까 온몸에 날이면 날마다 가시가 돋는 것 같아."

　무언가 읽힌다는 건 괴로운 일이다. 그것이 누군가의 아픔이나 괴로움일 때는 더 그렇다. 나는 한숨이 터져 나오는 가슴을 한 손으로 잡고 마음을 가다듬었다. 그리고 진심이 전해지길 바라며 말했다.

"작가에게는 어떤 경험도 유의미하지 않은 건 없죠. 그런 이유라면 지금 Y는 '하는 일'이 '해야 할 일, 하고 싶은 일'의 토대가 될 거예요. 진짜 작가시네요. 저뿐만 아니라 많은 작가들이 앉아서 천 리 밖도 안다고 내세우는데, Y는 한 걸음 한 걸음씩 직접 발로 걸어가고 있으니까요."

말을 하는 순간 마음에 서늘한 바람이 들어오는 것 같았다. 상쾌해진 나는 친한 소수의 사람 아니면 늘 단답식이었던 습관을 깨트리고 말을 이었다.

"좋은 작품 기대할게요. 토씨 하나까지 살아서 체온이 느껴지는 그런 글을 볼 수 있을 것 같네요."

그때였다. KY의 다급한 목소리가 내 말을 끊었다.

"아니 아니야. 솔직하게 말할까? 이 일이 공짜라면 내가 할까? 작가로서 취재? 그거 내가 씌운 허울이 아닐까? 어쩌다 보니 하고 있는 이 일이, 해야 할 일이 되려면 말이야."

그리고 그녀는 내게 물었다.

"사람들은 지금 하고 있는 일과 해야 할 일, 하고 싶은 일이 어떨까? 같을까? 아니면 서로 반대로 치닫고 있을까? 하는 일은 사실 그때, 그 시간, 그것밖에, 할 수 없어서 하는 경우가 지배적이잖아? 그렇다면 하고 싶은 일 혹은 해야 할 일은?"

모든 진실한 고백은 힘 드는 법이다. 그래서 대부분 도입 부분이 길 수밖에 없다. 나는 자세를 편히 하고 기다리기로 했다. 내 그런 마음이 읽혔을까? 담담해진 안정된 톤의 Y 목소리가 이어졌다.

"나는 요즘 감나무 밑의 사람 생각을 많이 해. 목만 길게 빼고 감 떨어지기를 기다리는 사람 말이야. 그래서 나는 감나무 둥지라도 흔들려고. 흔들어서라도 떨어지는 감을 주우려고. 그러면 감나무 밑에서 기다리는 내 지금이, 감을 줍는 수확자로 나를 들어 올려 주지 않을까? 그게 내가 '해야 할 일'이 되지 않을까? 해야 할 일? 그건 하고 있는 일이 의미를 낳고 사람을 자라게 한다면 저절로 도달되는 어떤 지점일 거야. 하고 싶은 일을 하고 있는 사람이 몇이나 되겠어? 진짜 다른 사람들은 어떨까? 내 생각을 위선이고 포장이며 억지라고 비웃을까?"

어쩌면 Y, 당신은 당신의 의지를 누군가에게라도 알려 응원과

지지를 받고 싶었구나…… 사정은 모르지만 지금 당신은, 당신이 '하고 있는 일'에 대한 갈등과, 그것을 이기고자 하는 용기를 세상에 알리고 싶구나…… 다시 가슴이 답답해져 왔다. 지금 이 타임이야말로 무슨 말이든지 해야만 한다는 생각밖에 들지 않았다. 그러자 삼 년 만에 별로 살가운 정도 나눈 적 없는 내게 전화를 해 준 Y가 눈물 나게 고마웠다.

"Y! 글 써요. 신춘문예로 번쩍번쩍 등단한 사람이잖아요? 그리고 책 나오면 전화 줘요. 첫 번째로 사서 읽는 독자가 될 테니까. 지금 그 글을 쓰려고 그 일을 하는 거예요. 열심히 감나무 흔들어요. 두 손으로 주워 담지도 못할 만큼 많은 감이 떨어질 거예요. 진짜 작가다. 정말!"

통화를 끝낸 그날 나는 오랜만에 정말 많이 걸었다. 운동 부족을 실감하게 하는 발목이 그날 이후로 지금까지 시큰거릴 정도로.

하는 일!
해야 할 일! 혹은 하고 싶은 일!

지금 하고 있는 일과 해야 하는 상황이 불만족스러운가. 창피하고 억울해서 도망이라도 치고 싶은가. 억지로라도 우겨서 자

나는 어떻게 불쑥, 떠오르는 사람이 될까

신을 지배하고 있는 현재의 무게를 잘라내고 싶은가. 그래서 나날이 비탈에 서 있는 정신과 마주치는가.

그렇다면 '하는 일'을 '해야 할 일'로 만들면 되지 않겠는가. 해야 할 일과 하고 싶은 일이 다를 수 있다는 거 모르지 않는다. 하지만 하고 싶은 일이 해야 할 일로 의미가 확장된다면, 그 이상의 보람과 긍지가 또 있겠는가.

나는 Y가 하고 있다는 일을 모른다. 하지만 Y는 그렇게 할 것이다.

어느 날, 그녀가 직접 겪고 부대낀 싱싱한 글을 나는 밤을 새워가며 읽게 될 것이다. 그녀가 하고 있는 일이, 그녀가 하고 싶은 일로, 그리고 해야 될 일로 보상되기를 바라는 기도가 이어지고 있는 요즘이다.

꿈과 이상은 미래에 있는 거지만, 그것을 가능케 하는 것은 현재다! 현재가 미래보다 더 '진짜 시간'인 것도 그래서이다.

인사동에서 만난 40년 전의 대구 여고생

저절로 두 팔이 올라갔다. 반가운 사람과의 조우라도 그렇게 기뻤을까? 그렇게 단숨에 발길을 멈추게 하고 그렇게 단숨에 그 때 그 시간으로 나를 데려다 놓을 수 있었을까? 나는 올린 두 팔로 40년 세월을 거뜬하게 안았다. 하나도 지워지지 않았던 시간이 하나도 무겁지 않게 내 두 팔 안에 안전하게 들어왔다. 하트는 저절로 만들어졌다. 올린 두 팔 아래 양 손가락 열 개가 40년이란 시간 앞에 인사하듯 모아 내려졌다. 그렇게 나는 온몸으로 사랑을 표현했다.

인사동 빵집 〈태극당〉 앞에서였다.

"더 뜨겁게, 더 환하게, 40년 전 나를 찍어줘."

핸드폰을 던지듯 후배에게 맡겼다. 그리고 태극당이란 글자가 보이는 간판 앞에서 나는 40년 전 대구 여고생으로 단박에 돌아

나는 어떻게 불쑥, 떠오르는 사람이 될까

갔다. 지나왔다고 그래서 다시는 돌아갈 수 없다고 곁눈질마저
도 멈추었던 지난 시간과의 조우는 그렇게 벅찼다.

내가 나를 껴안는 하트도 만들고, 발바닥부터 있는 힘을 다 끌
어올려 나를 응원하는 V도 만들었다. 전혜린이 옆에 섰고 릴케
와 바이런이 팔장을 꼈다. 하이네와 한용운과 소월도 앞서거니
뒤서거니 하며 걸어왔다. 나는 누가 시키지도 않았는데, 온몸으
로 그들을 맞았다. 나를 맞았다. 내가 걸어왔던 길과 공기와 이
야기들을 맞았다.

전력으로 달려가는 기억의 화살표, 대구 동성로에 있던 빵집
태극당! 맛있는 빵과, 거리를 채우던 햇살이랑 빗줄기가 훤히
보이는 넓은 창과, 마주 앉으면 속말이 들릴 만큼 작고 예쁜 테
이블이 있던 곳.

주름이 날아가고 흰머리가 날아가고 켜켜이 쌓인 외로움이 날
아갔다. 떨려서 붉었던 양볼이 만져졌고 설렘에 자글자글 끓었
던 피돌기도 느껴졌다. 인사동, 소란스런 그 거리에서 만난 '태
극당'이란 글자의 간판은 그렇게 나를 돌아 세웠다.

빵집 태극당!

7, 80년대 뉴욕 제과와 킹뉴델 제과와 함께 대구 3대 빵집이었던 곳. 여고 2학년 가을에 만난 사람과 졸업 때까지 단팥빵과 샛노란빛 환타를 앞에 두고 어서 어른이 되기만 소원이었던 곳. 1980년 대학에 들어가고 '뜨락', '무랑루즈' 등 카페와 신청곡을 받아 음악을 틀어주던 음악다방에 밀려 스무 살부터는 서서히 잊혀진 이름.

서울로 대학을 간 사람이 한 달에 두 번은 나를 보기 위해 무궁화 열차를 타고 내려와 그 길을 걸었어도 '이젠 어른이야.' 하며 그냥 스쳤던 곳. 주스보다는 커피가, 빵보다는 스파게티가 맛있어지면서 잊었던 곳. 청순했던 맨 입술에 립그로스란 걸 발라 그 사람에게 날로 촉촉해지는 마음을 들키고 싶어지면서 전생처럼 아득해졌던 곳.

1984년 3월 31일 결혼 하루 전날, 6년의 말과 시간을 추억하며 그 사람과 함께 찾아 단팥빵과 환타로 서로를 축복했던 곳. 그 사람을 따라 서울 사람이 된 후론 한 번도 가보지 못한 곳, 어느 시인의 시 제목처럼 나와 그 사람에겐 싱그러웠던 첫사랑의 〈추억 역〉이 된 곳.

빵집 태극당······

　　　　　　　　　나는 어떻게 불쑥, 떠오르는 사람이 될까

고마웠다. 하나도 녹슬거나 찢겨나가지 않은 그때의 시간과 그것을 호출하고 있는 견고한 기억. 대구 동성로도 아니고, 정사각형 운동장 같던 그 모습도 아니었지만, 그 이름을 그대로 간직하고 있는 그 하나만으로도, 나는 세월이 떨어뜨린 내 체온을 다시 달굴 수 있었다.

누구에게나 사무친 장소 하나쯤은 있을 것이다. 누구에게나 그 장소에 살고 있는 사람 하나쯤은 있을 것이다. 누구에게나 그 장소와 그 사람과 함께였던 자신은 있을 것이다. 그리고 누구나, 언젠가는, 그곳에 가 있는, 그때의 나를 영접하는 순간이 있을 것이다.

그날 이후 나는 다시 열여덟을 산다. 빵을 놓고도 먹지 못하고 환타가 담긴 유리컵을 달달 떨리는 손으로 잡고만 있었던 여고 2학년으로 다시 산다. 그 사람이 물기 많아 아름답다고 했던 젖은 눈망울의 소녀로, 너무 맑고 순수해 자신이 도둑놈 같다고 했던 그 사람의 어린 사랑으로 다시 산다.

빵집 태극당……

열여덟의 소녀가 결혼해 아내가 될 때까지 그 사람을 바다海

라고 불렀던 기억이 소환된 곳! 인사동엔 무수히 많은 그와 내가 물결처럼 밀려오고 있었다. 무수히 많은 그 사람과 내 목소리가 들려오고 있었다.

  그렇게 선물로 받았다. 전혀 슬프지 않은, 전혀 외롭지 않은, 전혀 두렵지 않은 남은 날의 나를!

나는 어떻게 불쑥, 떠오르는 사람이 될까

오작교의 마지막 1밀리미터

어머니 6주기가 다가온다. 음력 7월 4일, 올해 양력으론 8월 1일 월요일이다. 3일이 내 생일이니 꼭 이틀 전이다.

어머니는 내 생일 하루 전날 돌아가셨다. 그러나 기일은 살아 있었던 날로 하기 때문에 생일 이틀 전이 어머니 기일이다. 6일 새벽 다섯 시 십오 분에 내가 태어났고, 어머니가 전날인 5일 오후 네 시 사십 분에 돌아가셨으니, 나는 태어난 지 오십육 년을 열세 시간 남겨놓고 어머니를 잃었다. 아니 어머니가 나를 낳은 지 오십육 년을 열세 시간 남겨놓고 딸을 떠나갔다.

나는 음력 7월 6일에 태어났다. 견우직녀가 일 년에 한 번 오작교 다리를 건너 만나는 칠월칠석 하루 전날이다. 견우직녀를 위해 세상의 까마귀들이 모두 하늘로 올라가 머리를 맞대 이쪽 하늘과 저쪽 하늘을 잇는 다리를 만드는 날, 일 년의 그리움이 꽉 차게 부풀고 일 년치의 인내가 만남의 기쁨으로 승화하는 날,

칠월칠석에는 세상에 까마귀가 보이지 않는다는 전설은 그래서 만들어졌다.

"선한 인연이 오랜 시간 너를 향해 걸어와 바로 네 앞에 있는 날이야. 하루만 자고나면 가장 행복하고 기쁜 날이야. 세상의 까마귀들이 머리가 벗겨지는 고통을 참으며 너를 위해 다리를 만든 날이야. 그래서 너는 언제나 기다리고 소망하는 모든 것들을 반드시 만나게 될 거야. 하늘을 나는 새들이 모두 함께 날아올라 너의 기도가 걸어오는 다리를 만들어주고 있으니까. 너는 행복한 직녀야."

어릴 때부터 줄줄 외울 정도로 어머니가 해 주신 말이다. 견우와 직녀, 오작교, 까마귀는 그래서 알게 됐다. 몇 살 때였는지도 모르겠다. 단어보다는 뜻을 먼저 알게 된 후 나는 내 생일이 참 좋았다.

일 년을 참다가 바로 내일이면 견우를 만나는 날, 견우는 나이에 따라 여러 가지로 변형되었다. 모두가 그때의 간절함이었고, 당시 가장 절실했던 기도였다. 그리고 나는 믿었다. 생일만 지나면 갖게 되리라, 생일만 지나면 보게 되리라, 생일만 지나면 좋은 일이 생기리라…… 그렇게 내 생일은 축제의 전야제처럼 설

나는 어떻게 불쑥, 떠오르는 사람이 될까

레고 부풀고 들떴다.

그러나 나이가 들면서, 살아온 시간이 늘어나고 오작교에 대한 설렘과 견우직녀의 사랑에도 무감각해지면서 생일도 내겐 그냥 '하루'가 되어 갔다. 지나칠 수 있으면 서너 해쯤은 그냥 지나치고 싶어진 지도 오래됐다. 하루는 그대로인데 일주일은 하루만큼이나 짧고, 또 한 달은 일주일만큼 짧아져, 일 년이 한 달처럼 짧게 왔다가는 지금, 나도 기억하지 못하는 내가 태어난 날이 무슨 의미가 있는가! 오작교도 견우직녀도 그들의 사랑도 세상의 까마귀들도 나는 자연스럽게 잊어갔다.

그런데, 어머니가 내 생일 하루 전날 돌아가셨다. 그렇게 내 생일에 칠월칠석의 신화로 의미를 더해 주고 희망을 갖게 해 주셨던 어머니가 말이다.

엄마가, 어떻게 내 생일 하루 전날 죽어? 생일만 지나면 좋은 날이 올 거라며? 까마귀들이 나를 위해 하늘에 다리를 만들어 준 날이라고 가르쳐 준 엄마가, 행복한 직녀라고 나를 불렀던 엄마가, 어떻게 딸 생일 하루 전날 이렇게 갈 수 있어?

숨이 끊어져 미동도 없는 어머니를 껴안고 참 많이 울었다. 십육 년을 병석에 계시면서 내 생일이면 '엄마가 아파서 미안해. 하나밖에 없는 우리 딸 생일인데 엄마가 미역국도 못 끓여주네.'를 하루 종일 말씀하시던 어머니, '그래도 생일 지나면 곧 좋은 날이 올 거야. 새들도 너를 위해 다리를 놓고 있어.'라며 환하게 웃어주시던 어머니였다.

어머니 가신 후 기일 상차림의 남은 찬으로 생일 밥을 먹은 날, 지금 내게 무슨 일이 벌어졌나…… 나는 상을 차리면서도 기가 막혀 몇 번이고 냉장고 앞에 주저앉았다. 그러면서도 꾸역 꾸역 내 앞의 밥을 다 먹었다. 나물과 고기를 비롯해 조기와 크고 튼실한 과일이 어머니가 차려주신 생일상 같아서였다. 미역국도 못 끓여준다고 미안해하셨던 어머니가 자신에게 받쳐진 상이라도 딸에게 물리고 싶어 그렇게 떠나셨나 하는 생각이 든 것도 그래서였다.

그래서일까? 어머니 가시고 육 년이 다가오는 이 즈음, 나는 그동안 소원해졌던 견우직녀와 오작교, 까마귀를 다시 만나고 있다. '생일이 지나면, 좋은 날이 올 거야. 선한 인연이 올 거고 바라던 게 이루어질 거야. 하늘의 새들도 너를 위해 다리를 놓고 있어.' 라는 어머니의 목소리를 다시 듣는다.

나는 어떻게 불쑥, 떠오르는 사람이 될까

그렇게 하시려고 어머니는 내 생일 하루 전날 하늘로 가셨는가. 오직교의 마지막 1밀리미터를 어머니의 몸으로 메우시려고, 그렇게 더 튼튼한 다리를 딸이 건너게 하시려고, 가셨는가……

올해 칠월칠석엔 진짜로 행복한 직녀가 되어 오작교를 걸어볼 것이다. 그 마지막 1밀리미터가 되어 온몸이 벗겨지면서도 튼튼한 다리를 놓아준 어머니를 안아볼 것이다.
그리고 말하리라. 소망과 기도가 어머니가 메워준 1밀리미터로 드디어 내게 왔다고……
어머니의 딸은 어머니로 하여 평생이 행복한 직녀였다고……

일 년 중 내가 가장 조용해지는 어머니 기일 즈음, 새들이 하늘로 올라가는 모습이 보인다.

The Terminal

어디서 오느냐
울음이 아름다운 사람 널 맞게 하느냐
열 손가락 지문 풀어 길을 만든다
찬 이마 같은 달빛으로 젖은 속옷 가리니
눅눅해진 꿈 깨어 내 앞에 앉는구나
지천에 깔리는 그리운 숨소리도
이제는 약이 되어 나는 조용하다

어디서 오느냐
빗방울 같은 발자국으로 날 젖게 하느냐
종이학보다도 더 외로웠던 시간들
첨벙첨벙 목이 잠긴다
천 개의 팔로 내 허리를 감고
천 개의 입술로 내 이름을 부르는 구나
등줄기를 덮는 너의 찬 손

나는 어떻게 불쑥, 떠오르는 사람이 될까

뒤돌아보는 그림자에 등불이 꺼진다

그 아래 가는 비명
마지막 호명(呼名)되어 하늘을 긋는데

— 서석화 詩 〈이별을 미리 본다〉 전문

어머니가 떠나자 모든 것이 빨라졌다. 2016년 8월, 여름 한복판에서 어머니를 잃은 나는 가을도 빨리 맞았고, 나이도 빨리 먹었다. 눈 뜨고 보면 가을이었고 고개를 돌려보면 남들이 새해라고 말했다.

그렇게 3년을 살았다.

그리고 지금 내 앞엔 내 신간 『이별과 이별할 때』가 놓여 있다. 이영철 화백의 작품 〈사랑 소풍— 나 잡아보이소!〉를 표지로 한 이 책에는 '간호조무사가 된 시인이 1246일 동안 기록한 생의 마지막 풍경'이라는 부제가 붙어 있다.

출간 소식이 전해지자 지진이라도 난 것마냥 출렁거렸던 문단 동료들의 놀란 반응은 부제 때문이었을 것이다. 다작이라고 할

순 없지만 등단 후 꾸준히 글을 써 여러 권의 책을 출간하며 시
창작 강의를 나가고 있던 사람이 간호조무사라니!

그러나 어머니가 16년간 병중에 계시다 요양병원에서 돌아가
신 걸 아는 〈내일의 시〉 동인들은 달랐다. 그들은 놀라지도 않았
고, 왜냐고 묻지도 않았다. 의례적인 축하나 따끈따끈한 책의 출
간을 반기는 호들갑도 없었다. 그들은 머리로는 어떤 단어도 조
합하지 않았고, 따라서 머리로는 살면서 익혀온 어떤 인사말도
건네지 않았다. 그들은 내가 살아온 간호조무사로서의 1246일
을 함께 산 듯했고, 그 시간의 기록을 함께 한 듯했다.

— 축하한다는 말, 이 말보다 더 이상의 표현이 선뜻 생각나질
않습니다. 분명 내 가슴속에 우글거리고 있는데…… 사랑합니다!

오랜 문우이자 동인인 이 시인이 보내온 톡이다. 진심이 그대
로 읽혔다. 머리 끝부터 저릿해지며 온몸이 먹먹해졌다. 내가 선
택하고 살았던 간호조무사로서의 1246일이란 시간이 아프고
귀하게 그리고 고스란히 그녀의 짧은 톡으로 펼쳐지고 있었다.

나는 어머니 떠난 지난 3년을 무수히 많은 어머니 아버지들과
요양병원에서 간호조무사로 살며 견디고 지나왔다. 그리고 세상

의 어머니 아버지들의 마지막 시간을 함께 하며 기록했다.

식어가는 어머니 몸을 밤새도록 닦고 만지며 목젖이 붓도록 어머니를 불렀던 내가 간호조무사가 되었던 건, 그래서 어머니처럼 식어가는 세상의 어머니 아버지를 만지고 닦으며 마지막 시간 그들의 이름을 부르고 또 불렀던 건, 그들이 도무지 보내지 않는 내 어머니요 아버지였기 때문이었다.

내 어머니가 계셨을 때, 내가 보호자로만 요양병원을 드나들었을 때는 보지 못했고, 듣지 못했고 느끼지 못했던 어머니의 시간, 어머니의 말. 아니 어쩌면 멀지 않은 시간 맞게 될 우리의 시간과 우리의 말은 그래서 세상에 나오게 되었다.

언제 온다는 배차 시간표가 없는 생의 마지막 정거장!

요양병원은 이쪽 세상에서 저쪽 세상으로 데려다 줄 차를 기다리는 거대한 정거장이었다. 이쪽 세상에 머물지만 이미 저쪽 세상의 시간을 살고 있는 사람들과, 오늘은 곁에 있지만 내일은 떠나고 없을지도 모르는 사람들 곁에서 피가 마르는 혈육들의 간절함이 누렇게 뜬 벽지처럼 두꺼워지는 곳.

고아원은 줄어드는데 자고나면 새로 생겨 거리마다 번쩍이는 요양병원 간판!

우리들이 부모를 모셔(?)놨듯이, 우리 자식들도 언젠간 우리를 모셔다(?) 놓을 곳.

어머니를 요양병원에서 떠나보낸 나는 그래서 간호조무사란 자격증을 들고 그곳으로 돌아갔다.

어머니랑 매일 이별하고 매일 상봉했던 곳.

어머니가 병상에 계셨던 십육 년, 어머니를 뵈러 갈 때마다 이산가족 만나듯 치솟는 설렘에 체온이 3도쯤 뜨거워졌던 곳. 그러나 어머니를 두고 돌아올 시간이 되면 저 모습이 내가 세상에서 보는 어머니의 마지막 모습이 아닐까 무서웠던 곳.

돌아와서는 손톱 발톱 끝부터 머리까지 악을 쓰며 울었던 곳. 심장이 줄어들고 뼈에 구멍이 나며 한여름 폭염에도 온몸이 떨리도록 외로웠던 곳.

신간 『이별과 이별할 때』는 그 정거장에 있는 사람들과 그들을 배웅하는 보호자들의 시간을 함께 겪은 다큐 에세이다. 나로선 몸으로 쓴 첫 번째 책이자 어쩌면 다시는 쓸 수 없는 책이기도 하다. 몸이 쓰는 정직함, 몸이 말하는 무서운 진실, 몸이 우는 뼈아픈 체험을 어머니는 작가인 내게 선물로 주고 떠났다.

나는 어떻게 불쑥, 떠오르는 사람이 될까

등단 후 27년을 시인, 작가로 불리며 살아왔지만, 고백한다. 나는 요양병원에서 간호조무사로 일한 1246일이 진짜 시인이요 작가였음을! 그리고 퇴사해 책상 앞에 앉은 지금이야말로 남은 시간 시인이며 작가로 살아갈 자신이 생겼음을!

지금 살고 있는가!

살고 있는 이 시간, 이곳도 어쩌면 정거장이란 생각, 나만 하는 것인가!
살아 있는 모든 생명들은 늘 다음 차를 기다리는 정거장에 서 있다는 자각은 나한테만 온 것인가!

11월, 이 깊은 만추에 당신이 서 있는 정거장을 한번 휘둘러볼 일이다. 길고 찬찬한 시선으로 보는 어디쯤, 나를 떠나가는 1초 전의 내가 지금의 나와 이별하고 있을 테니……

살아간다는 건 그런 것 아닌가.
늘 이별과 이별하며 견디고 살아내는 것!

오늘 훈규 할아버지가 세상을 떠났다는 소식을 들었다.

"아프지 말그래이, 너무 오래 살지도 말그래이. 니는 딱 예쁘게만 살그래이."

기어코 또 울음이 터진다. 병실을 드나들 때마다 하루에도 몇 번씩이나 해 주시던 말씀과 그 목소리⋯⋯

그리워할 사람을 무더기로 얻은 지난 1246일이 『이별과 이별할 때』란 이름을 달고 나를 찾아왔다.

"아름다운 사람이 아름다운 시간을 살았네요."

선배 K시인의 덕담이 부끄럽지 않도록 나는 다시 1일부터 새로 살 것이다.

나는 어떻게 불쑥, 떠오르는 사람이 될까

남쪽
길

세상 걸음에 열 걸음 쯤 처지기로 하자
세 걸음은 초조하여 들숨 날숨 엇갈린 악몽 같을 테고
일곱 걸음은 무리하게 손 뻗어
앞선 사람 뒷덜미 후려잡고 싶을 테니
그 팽팽한 욕망
푸른 하늘에 천둥인들 못 걸겠는가
열 걸음 쯤 처져 그가 먼저 지나간 풍경에
말 걸며 말 들으며
임종의 순간처럼 뜨겁게 간절해보자
나를 젖히고
나를 밀치고
풀어진 구두끈도 메지 못한 채
땀에 젖은 등만 흔들리는 사람따라
느리게 더듬거리며 따라가는 행복도 있다
나의 긴 하루가 어느 이에게는
세상 끝 순간의 조각난 호흡일 수도 있는 게

하늘 아래 울고 있는 생명들의 시간이다
그러니 그냥 열 걸음 쯤 뒤처져 가자

― 서석화 詩 〈기쁨〉 중에서

네가 오기 전 세상은 전생 같다

그렇게 왔구나 우리 손자

새 세상

새 지구

새 시간은

너를 따라 왔구나

어떤 기쁨이 너보다 빛나며

어떤 사랑이 너보다 간절하더냐

어떤 기억이 너보다 애틋하며

어떤 소망이 너보다 크더냐

그렇게 왔구나 우리 손자

새 글자

새 문장

새 말을

할머니는 다시 배우는 구나

모든 것이 처음이구나

모든 것이 신비롭구나

모든 것이 고맙구나

초승달!

하늘이 허락한 첫 꿈, 첫 약속!

시간을, 미래를, 안도해도 좋을 설렘을

품은 너!

만 개의 등잔보다 밝은 네가 왔다

만 개의 무지개보다 고운 네가 왔다

만 개의 별보다 빛나는 네가 왔다

새 숨

새 빛

새 온기에

하늘 아래 첫 주소가 우리집 문패로 걸리고

만개한 꽃으로 활짝 열린 창문들

첫 사랑 첫 떨림을 외치는 구나

할머니는 분명 새 세상에 왔구나

그랬구나 아가야!

네가 오기 전 세상은 전생이었구나

나는 어떻게 불쑥, 떠오르는 사람이 될까

네가 와서 할머니는 이번 생에 두 번을 사는 구나

초승달은 자라서 만월이 되고
만월은 세상의 마당에 뜰 것이다
건강하게 쑥쑥!
씩씩하게 쑥쑥!
슬기롭게 쑥쑥!
그 마음 따뜻하여 평화가 따르길!
인연의 축복이 내려 외롭지 않길!
가장 깨끗한 기도가 시작됐구나
가장 영원한 기도가 시작됐구나

할머니가 다시 사는구나
아아…… 행복하구나

— 서석화 詩 〈우리집 마당에 초승달이 떴다 – 첫돌을 맞은 손자에게〉 전문

소원을 말했었다. 간절히 원하는 내 마지막 이름을 말했었다.
딸로, 아내로, 어머니로, 며느리를 보면서는 시어머니로, 이름
음절 수를 늘여왔다. 내게 가치와 존엄을 부여하며 삶의 이유를
주던 그 이름들 끝에 마지막 이름 하나를 더 달라고 나는 기도했

다. 하나밖에 없는 아들을 결혼시켜 분가시킨 뒤로 나는 그 마지막 이름이 세상에서 갖고 싶은 전부가 되었다.

할머니!
꽉 찬 삼각형 구도의 트라이앵글 같은 단어! 영롱하고 청명한 우주 같은 단어! 여자로 태어나 얻을 수 있는 최고, 최후의 상찬, 누구의 할머니!
나는 할머니가 되고 싶었다. 나이로만 그저 얻는 노년의 호칭이 아니라, '누구의'라는 주체가 분명한 '누구의 할머니'를 세상에서 마지막 이름으로 갖고 싶었다.

누구의 할머니로 불리는 상상은 이미 새로 맞는 세상이었다. 내 자식이 자식을 낳아 꼼지락거리는 그 손과 발에 입 맞출 수 있다면, 기저귀를 갈고 목욕을 시키며 오물거리는 입술에 우유병을 물릴 수 있다면,
장난감 가게에서 주의사항까지 꼼꼼하게 읽으며 그 손에 쥐어질 장난감을 살 수 있다면,
솔기 하나까지 예민하게 살펴보며 고 예쁜 살덩이에 입히고 바라볼 옷을 철철이 사서 나를 수 있다면,
나를 할머니로 부를 생명 이름으로 통장을 만들어 매달 할머니의 사랑을 송금할 수 있다면,

내가 살아온 세상은 그야말로 축복의 땅이었음에 죽을 때도 큰절을 하며 떠날 것이라고
나는 기도했다.

무남독녀로 태어나 자식도 아들 하나밖에 생산하지 못한 나에게 손주는 세상의 형제 있는 사람들, 자식이 여럿인 사람들과는 그 의미의 궤를 달리하는 일이었기 때문이었다. 대구에서 태어나 결혼으로 서울특별시민이 되어서도, 그리고 결혼한 아들을 분당으로 분가시킨 후 아들네와 가까운 용인 죽전동으로 이사와서도, 나는 늘 가본 적도 없는 어느 면 소재지처럼 좁고 한적한 땅에 떨어진 이방인 같았다.

형제자매와 자식들로 북적이는 인연의 평수가 넓은 사람들과는 달랐다. 다를 수밖에 없었다.
핏줄의 애틋함을 몇몇 인연에게 주어보기도 했다. 그러나 내가 느끼는 서로의 촌수와 그들이 내게 느끼는 촌수는 달랐다. 당연했다.

그런데
손자가 왔다.
백이면 백 사람 아빠 판박이라고 신기해하는 아들의 자식이

세상에 왔다. 드디어 나는 '할머니'란 이름까지 얻는 기도의 응답 주인공이 되었다. 무슨 덕을 짓고 무슨 선한 시간을 살았다고 이 어마어마한 축복의 주인공이 나는 되어 있나…… 아들바보로 소문났던 내 눈에 아들과 꼭 닮은 생명이 안겨 있다. 이마, 눈, 코, 입, 뒤통수까지 아들과 똑 닮은 귀한 생명을 처음 만나던 날, 왈칵 안고 싶은 마음을 누르며 나는 손자의 이마에 손을 얹고 축복기도를 먼저 했다. 그리고 안았다.

몽실하게 품에 안겨오던 생명!
갑자기 이전의 세상이 전생인 듯 아득해졌다. 그동안 내가 만났던 세상과 시간과 기억까지도 전생의 무엇인 것처럼 가물가물해졌다.

"아가야, 할머니야."

오래전 아들을 낳고 "아가야, 엄마야." 하며 울컥했던 그때 이후, 살면서 가장 조심스럽고 가장 깨끗하며 가장 벅찬 마음으로 내가 나를 호명했던 순간이었다.
손자는 자식과 다르다. 자식은 오랜 시간 동시대를 살아가지만 나이 들어 보는 손주는 내가 없는 시간을 더 많이 살게 되는 핏줄이기 때문이다. 그래서 더 애틋하고 그래서 더 눈물겨운 인연.

나는 어떻게 불쑥, 떠오르는 사람이 될까

손자가 왔다.

할머니가 되었다. 새 세상이 활짝 열렸다.

아아…… 손자가 오기 전 세상이 전생 같다.

절창의 문장을 만났다

머리가 녹아내려 버렸다. 어깨를 덮고도 한참이나 긴 내 머리가 녹아버렸다. 도저히 모양과 촉감을 설명할 길이 없다. 불에 탄 무명실이 엉키고 오그라들어 더러운 시궁창에 던져진 모습.

감은 지 12시간이 지나도 축축하고, 이빨 빠진 잇몸처럼 힘없이 건들거리기만 하는 머리카락들. 한 시간이 넘게 억지로 드라이로 말리면 폭탄 맞은 실더미가 되어 귀신 저리 가라 하는 모양의 나를 만들어 놓는 머리.

지금 내게 머리랍시고 붙어 있는 녹아버린 내 머리카락이다.

흰머리가 늘어나며 어쩔 수 없이 하게 된 잦은 염색으로 나빠진 머릿결이기는 했다. 그래서 십여 년을 펌은 엄두도 못 내고, 주변에서 어울린다는 평을 무기 삼아 대부분 틀어 올리고 다녔다. 그랬는데 오 년 만에 신간을 출간한 설렘이 너무 컸던 걸까?

나는 어떻게 불쑥, 떠오르는 사람이 될까

아니면 육십이란 나이가 코앞에 있는 십일월을 살며 내 마지막 오십 대를 봐주는 하늘과 땅, 바람에게 보답이라도 하고 싶었던 걸까? 그것도 아니면 육십은 오십 대보다 더 행복하게 맞고 싶다는 비밀스러운 기대라도 가졌던 걸까?

그래서 이 년 만에 들른 동네 미용실이었다. 그리고 이런 머리로 돌아왔다.

충분히 현재 머리 상태를 고지했고, 가능하다는 미용실 원장의 말에 기뻤던 기억이 만추의 낙엽처럼 허무하게 흩어졌다. 다음날 지인의 소개로 이름만으로도 유명한 P헤어를 찾았을 때 수석 디자이너는 말을 잇지 못했다

— 복구 불가능, 탄 머리는 봤어도 이렇게 녹아내린 머리는 처음 봤음. 정수리 끝까지 롤을 말았기 때문에 단발로도 자를 수 없고, 클리닉을 해 가며 조금씩 잘라내는 수밖에 없다…… 현재 머리가 웬만큼이라도 잘려나가려면 최소 3년은 소요될 듯. 불행 중 다행은 모근 부분은 심하게 다치지 않아 후일을 기약하는 건 가능할 듯.

가을이 깊을 대로 깊은 십일월, 비가 내리고 바람이 불어 길

가의 은행잎들이 무더기로 쏟아져 도로가 온통 황금빛으로 덮였던 그날, P헤어샵 통유리 창으로 내가 보았던 건 거리 풍경이었을까? 무엇이었을까?

"살아온 날수만큼 아팠던 거 슬펐던 거 두렵고 외로웠던 거, 다 녹아내렸다고 생각해. 네가 버리려고 해도 버려지지 않던 거, 네가 못하니까 니네 동네 그 미용사를 빌어 대신 다 녹아내리게 했다고 생각해. 복구가 불가능하다고 하잖아? 어떤 아프고 슬펐던 기억도 이제 복구되지 않을 테니 잘됐다 생각해. 머리는 아깝지만 어차피 상한 머리였잖아. 상한 마음 상한 몸 상한 기억 다 녹아 없어져버렸다고 생각해. 그리고 다시 살아. 새로 나는 머리처럼 새로 살아. 우리 이제 곧 육십이야. 근사한 나이잖아. 모근은 덜 상했다잖아. 기쁘고 행복했던 거, 네 보람과 네가 이룬 많은 것들은 거기에 있어. 잘라내야 할 것들, 잘려나가야 할 것들, 그게 이번에 다 녹아내린 거라고 생각해."

이틀 전 펌한 당일 안부 차 걸어온 통화에서 내 머리에 대한 상황을 듣고 나보다 열 배는 안타까워하던 지인이었다. 직접 P헤어를 찾아가 예약을 해 주고 첫 방문인 나를 수석 디자이너에게 클리닉을 받게, 온갖 수고를 아끼지 않았던 사람이었다.

나는 어떻게 불쑥, 떠오르는 사람이 될까

살아온 날수만큼 아팠던 거 슬펐던 거 두렵고 외로웠던 거, 다 녹아내렸다고 생각해.

작가인 내가 생각지도 못했던 해석이었다. 나름 만만치 않은 독서량을 자긍심으로 갖고 있는 내가 어디에서도 읽은 적 없는 말이었다.

네가 버리려고 해도 버려지지 않던 거, 네가 못하니까 그 미용사를 빌어 대신 다 녹아내리게 했다고 생각해.

무릎이 후들거리며 늘어져 있던 두 팔이 나를 감싸 안기 위해 저절로 X자로 교차되었다.

복구가 불가능하다고 하잖아? 어떤 아프고 슬펐던 기억도 이제 복구되지 않을 테니 잘됐다 생각해.

한 번도 뱉어보지 못하고 뭉쳐 있던 숨이 터져 나오는 모근이 따끔거렸다. 삼십 년 가깝게 글을 주무르며 살아온 내가, 책은 머리 아파 절대 NO를 외치는 지인이 하고 있는 말에 온몸으로 백기를 흔들고 있었다.

다시 살아. 새로 나는 머리처럼 새로 살아. 우리 이제 곧 육십이야. 근사한 나이잖아. 잘라내야 할 것들, 잘려나가야 할 것들, 그게 이번에 다 녹아내린 거라고 생각해.

깊은 풍경 속 사흘째 비가 내린다. 엄숙하고도 명료한 시간이 흐르고 있다. 녹아내린 머리를 이고 책상 앞에 앉아 수세미 같은 머리를 만져본다.

모근은 덜 상했다잖아. 기쁘고 행복했던 거, 네 보람과 네가 이룬 많은 것들은 거기에 있어.

육십 진입 한번 요란하게 하는 쉰아홉 십일월이다. 세상에서 가장 절창의 문장을 무더기로 만난 육십 한 달 전이다.

약점이었는데, 그게 스펙이 되었네요

약점이라고 생각했다. 넘고 싶지만 벽은 너무 견고했다. 그 아래에서 매일 새롭게 도움닫기를 반복하며 마음에 근육을 키워보지만, 아직도 나는 새벽이면 심장에서 속도를 한껏 올린 다듬이 소리를 듣는다. 미명의 한기가 나한테만 몰려오는 것 같기 때문이다. 햇볕 쨍쨍한 대낮에는 내가 내 그림자에게 말을 건다. 사방 트인 십 차선 대로에 나만 서 있는 것 같아서다. 어디 그뿐인가. 일몰엔 온 세상을 끌어다 저무는 하루를 보는 동지로 줄 세우고, 밤이면 달팽이처럼 말린 등으로 어둠을 버틴다. 외롭기 때문이다! 외로움이 무섭기 때문이다!

누군가가 묻는다. 등단 때부터 천 번도 더 들어온 말이다. 모든 시인, 작가들이 받는 질문이기도 하다. 당신은 '왜' 글을 씁니까? 그때마다 나는 대답한다. '외로움이 무서워서' 씁니다. 다른 이들의 대답이 수정처럼 반짝인다. 문학이 주는 의미와 그것의 영향력에 대한 고급스러운 대답의 향유가 벌어진다. 긍정적이고 바람직한 답들이다.

내 대답을 들은 사람들의 눈동자가 사람 수만큼 커졌다 작아졌다 변한다. 고개를 끄덕이는 사람은 소수다. 대부분은 가만히 있다가 갑자기 힘차게 머리를 젓는다. 그들은 외로움은 자기 단어가 아니라는 걸 인정받고 싶은 사람들이다. 더욱이 외로움이 깊어지면 무서움이 된다는 건 알고 싶어 하지 않는 사람들이다. 나는 지금도 알지 못한다. 사람과 세상을 탐구하는데 왜 폄훼되고 감추어야 하는 감정이 따로 있는지 말이다.

그래서일 것이다. 돌이켜보면 참 받고 싶지 않은 질문이었다는 생각이 든다. 질문에 대한 정직한 대답이었지만 대부분의 사람들은 외로움과 무서움이라는 두 단어만 걸러 들었다. 절대로 소환되어서는 안될 금단의 무언가와 마주친 것처럼 불편해하는 기색을 숨기지 못했다.

외로움과 무서움을 소극적이고 나약한 심성과 동일시해, 성숙하지 못한 지극히 여린 감성으로 몰아세웠다. 그들은 웅변하듯이 말했다. 허약한 이들의 감상 일뿐인 그런 감정들은 걷어내야 하며, 진취적이고 열정적이며 자기극복의 주제야말로 문학이 주는 긍정의 힘이라고!

틀린 말도 아니어서 나는 또 침묵했다. 그러나 극복이란 결과이고 과정의 끝이다. 때문에 진행과 과정의 치열성과 정직함이

나는 어떻게 불쑥, 떠오르는 사람이 될까

담보되지 못하면 함부로 불러내어서도, 마음대로 써서도 안 된다. 아직 나는 그 과정에 있고, 이 과정을 정직하게 겪어볼 것이라는 숨은 말이 내 몸 전체에 울린다.

그런데 신기한 일이 벌어졌다. 나약함과 소극성으로 치부되었던 외로움이 내 글의 최고 스펙, 최고 장점이라는 사람들이 생겨났다. 정직하고 치열하게 외로움과 싸우고 그것을 탐구해가는 내 글에 위로를 받는다는 사람들이 많아졌다.

그래서일까? 외로움이 주는 무서움! 그것이 내가 개인으로서도, 작가로서도, 치열하게 끌고 갈 인생 주제라는 생각이 든다. 외롭지 않았다면, 그래서 외로움이 주는 무서움을 몰랐다면, 아니 그것을 인정하지 않았다면, 어쩌면 나는 지금 다른 모습으로 살고 있을지도 모른다.

글 쓰는 것도 어쩌면 다른 많은 문우들처럼 폐업에 들어갔을 수도 있다. 어릴 때부터 형제 없는 무남독녀 처지인 내게 '외로움'은 난공불락의 감정이었다. 나이가 들수록 그것은 무서움이 되었다. 내 글의 출발점이기도 하다. 그리고 오늘까지 외로움이 주는 무서움에 대해 수긍과 저항을 반복하며 글을 쓰고 있다.

숨기고 싶은 게 있는가. 자꾸 덧나 아픈 게 있는가. 그렇다면 오감을 활짝 열어 그것들을 영접해보라. 더 파헤쳐 만져보고 숨은 숨소리까지 들어보라. 당신이 살고 있는 이유, 살아야 할 이유, 지금의 당신이게 하는 이유가 거기에 있다.

나는 어떻게 불쑥, 떠오르는 사람이 될까

긍정적으로 삽니다

희한한 일이 벌어지고 있습니다. 거의 매일이다시피 금가루 은가루가 솟구치며 축포가 울리고 '참 잘했어요'라는 칭찬을 듣습니다. 그냥 걸었을 뿐인데요. 낯선 곳으로 이사 와서 만난 낯선 시간과의 대치가 너무 버거워서요. 너무 막막해서 나갔고 나가니 길이 있어 걸었고 다리가 아파 돌아오면 두 시간은 훌쩍 지나있었지요.

어디 낯선 시간만 이유였겠습니까? 분당에 사는 아들네 근처로 이사를 결심할 때까지만 해도 이사는 그저 이사일 거라고 생각했지요. 그런데 나이 탓일까요? 아니면 익숙한 것에 집착하고 변화를 무서워하는 성격 때문일까요? 자꾸 이번 집이 내 인생의 '마지막 집' 같은 겁니다. 결혼 후 얼마 동안 전세를 살 때를 제외하곤 한번 이사했다 하면 십수 년씩 살았으니 어쩌면 당연한 생각이지요.

그러니 이 집에서도 기본 십 년에 몇 년은 당연히 더 살 텐데…… 지금부터 십수 년 후면? 숫자로 떠오르는 나이에 저절로 어깨가 십 센티쯤 아래로 털썩 내려앉습니다. 올라가고 있는 계단 저 위 어디쯤 같은 십수 년 뒤의 나이, 이사할 엄두를 못 낼 것 같은 건 물론 이사할 이유도 없을 것 같다는 게 나 혼자만의 생각일까요? 저절로 일상이 애틋함과 비장함으로 무장되더군요. 그러면서 평생 엇박자였던 머리와 가슴이 처음으로 같은 온도로, 같은 속도로, 같은 숨을, 쉬는 겁니다. 당혹스러우리만큼 엄청난, 너무 분명해서 외려 신비한, 뜻밖의 경험이었지요.

그런데 그게, 나도 그럴 줄은 몰랐네요. 살아오는 동안 참 괴로웠던 게 머리와 가슴이 따로 제각각이라는 거 때문이었는데 말입니다. 왜 다들 그런 적 있지 않나요? 머리로는 이해되는데 가슴으로는 받아들여지지 않는, 아니면 머리로 납득은 안 되는데 가슴으로는 그럴 수 있다고 품이 열어지는, 그런 적 많지 않았나요? 나는 그랬거든요. 가슴의 다그침과 머리의 다그침이 달랐던 적, 사실 정말 많았거든요. 오죽했으면 세상에서 내가 제일 모르는 사람이 나라는 생각, 늘 하고 살았겠습니까.

물론 그것의 순기능은 알지요. 머리와 가슴이 따로, 엇박자인 건 그 자체가 균형이라는 걸요. 정체되어 있을 때는 밀어주고,

나는 어떻게 불쑥, 떠오르는 사람이 될까

너무 나간다 싶으면 당겨서 멈춰주고 하며 그 둘은 그때그때 역할에 따라 수행해내고 있는 거라는 걸요.

머리와 가슴이 합체를 이루자 가장 먼저 찾아온 것은 일상에 대한 뚜렷한 자각이었습니다. 아니 더 솔직히 말한다면 제 자신에 대한 냉정한 인식이라는 게 맞습니다. 꿈과 소망과 기도…… 이런 거에 의지해 온 '가슴'과, 보고 듣고 경험해 온 '머리'가 동시에 작동하자, 저를 제어해 줄 아무런 장치가 없어진 겁니다. '이 집이 마지막 집'이라는 생각은 재빠르고 튼튼하게 그 반경을 넓히기 시작했습니다. 그렇게 가슴이 열리자 슬펐지요. 울기도 많이 울었습니다. 예전 같으면 머리가 바로 작동했겠지요. 재수 없는 생각이라고, 백세시대에 무슨 당치도 않은 가정이냐며 가슴에 얼음물을 퍼부었을 겁니다. 가슴과 머리가 따로 놀지 않으니 숨만 쉬어도 눈물이 났습니다.

자기연민이라고 몰아붙이지 마십시오. 이제야 하는 말이지만 스스로를 가엽게 느끼고 애틋하게 여기는 게 사실 뭐가 나쁩니까? 남에게는 장려하는 측은지심이 왜 자기 자신에게 향하면 못난 사람, 약한 사람이 되는 겁니까? 물론 나도 살아오면서 가장 경계해왔던 게 자기연민에 빠지는 거였습니다. 못나고 약한 사람이 되지 않으려면, 아니 그렇게 보이지 않으려면 그래야 했습니다. 평생 고역인 만성 두통에 시달리는 것도, 가슴으로 느껴지는 걸 막아내고 덜어내려 늘 용량 초과로 머리를 가동시켰기 때문입니다. 평생 부실한 소화 능력으로 위경련 단골 환자가 된 것도, 머리로는 분명히 알아 만 번도 훌쩍 넘는 절교와 이별과 포기와 수긍의 장면에 영하의 체온으로 섰지만 차마, 그래도 하며 역시 용량 초과로 가슴에 열을 지폈기 때문입니다.

그런데 그랬던 머리와 가슴이 같이 움직이는 겁니다. 고백은 저절로 나왔습니다. 머리로 알아지는 걸 모른 체하기 위해 가슴을 얼마나 전력으로 가동시켰는지 말입니다. 가슴이 먼저 건너가는 일을 따라가지 않기 위해 머리는 또 얼마나 고군분투했는지도요. 아주 생경하고 아주 통쾌하며 아주 신기한 세상과의 접속이었지요.

그래서 나가보았던 겁니다. 애틋해서요. 집에 들어온 먼지 하나도 눈물겨워서요. 이제부터 본격적으로 늙어가다 죽을 집이라고 생각하면 그렇지 않겠습니까? 그리고 그것을 제어해 줄 머리까지 이제는 가슴이 느끼는 것에 동조해주고 있으니, 우선 나를 어찌할 바를 모르겠는 겁니다. 아! 뭐라고 표현해야 할지 모르겠습니다. 그냥 나가서 걸었습니다.

나는 어떻게 불쑥, 떠오르는 사람이 될까

가장 정직한 나는 그렇게 만나졌습니다.

걸었지요. 처음엔 삼천 보쯤 걷다가 다음엔 오천 보, 육천 보, 그러다가 만 보를 걸었고 만삼천 보까지 걷게 되었습니다. 내가 걷는 길은 탄천 산책로인데 집을 소개해 준 부동산 대표 말로는 잠실까지 이어진 하천이라고 했습니다.

잠실까지…… 잠실이란 지명에, 그것도 내가 걷는 길이 거기까지 이어진 길이라는 게 후드득, 가슴에서 서늘한 빗소리로 다가왔지요. 잠실…… 결혼 후 첫 자가 집을 산 곳, 〈잠실여자〉란 연작시를 쓰며 여자로 어머니로 시인으로 천천히 나이 들어갔던 곳……

첫날 걸어보고 나는 그 길이 아주 마음에 들었습니다. 흘러가는 물줄기와 물소리를 아주 가까이서 보고 들을 수 있었거든요. 물이 굽이치며 흘러가는 모습, 흘러가는 각도와 깊이와 속도에 따라 음폭과 강약을 달리하는 물소리…… 바다도 강도 아닌 탄천에서 처음으로 '물'을 만났다는 생각이 들만큼 예상 못했던 발견이었지요. 마음에 쏙 드는 친구를 만난 것 같았어요. 걸음 수만큼 새로 이사 온 이곳이 보였지요. 본 것들의 반경이 넓어진 만큼 조용해지고 있는 내가 보였습니다.

그렇게 나는 평화로워지고 있습니다. 머리도 가슴도 이젠 억지로 작동시키지 않을 겁니다. 머리로 안 되면 가슴을 작동시켰고, 가슴으로 벅차면 머리를 채근해 유지하고 끌고 온 모든 거, 이젠 안 할 겁니다. 이 집에서는 이제, 머리와 가슴을 온전하게 제자리에 놓고 바라보고 인정하며 진짜 나로 살아갈 겁니다.

어제는 걷는 중에 가사도 모르고 곡조도 모르지만 어떤 노래 제목이 자꾸 생각났습니다. 벚꽃엔딩! 참 아름다운 제목입니다. 엔딩에 벚꽃이 선행되니 어쩌면 이리도 환하고 눈부신지요. 이제 곧 세상은 벚꽃 천지가 될 것입니다. 벚꽃이 지듯이 사람도 그렇게 질 수 있다면 참 좋겠습니다.

형형색색의 축포 아래 오늘도 서 있습니다. 아들이 핸드폰에 깔아준 만보기의 막대그래프가 연일 죽죽 올라갑니다. 설정을 육천 보로 해 준 아들에게 자꾸 자랑할 거리가 쌓이고 있습니다. 만 보를 넘기고 만삼천 보도 거뜬히 넘기는 날이 많아지니 아들에게 매일 받는 전화 속 제 목소리도 두 배는 커졌을 겁니다.

유듀브로 듣는 벚꽃엔딩이 온 집안에 가득합니다. 잠시 서성여도 된다고 가슴과 머리가 동시에 말하고 있습니다.

　　　　　　　나는 어떻게 불쑥, 떠오르는 사람이 될까

아주 긍정적으로 살고 있습니다.

하늘에 매단 카네이션

사랑하는 이의 목소리를 기억하는가. 잊지 않을 자신이 있는가. 나는 자꾸 가물가물하다. 그래서 떠올리려면 집중을 해야 한다. 숨소리를 낮추고 몸의 모든 동작을 멈추며 시선도 한곳만 바라보아야 한다. 그래도 안 되면 눈을 감고 숨조차도 참을 수 있는 한도까지 참아야 한다. 그러면 들린다. 말투와 잘 쓰는 단어와, 나의 불안을 만져주는 것 같던 따뜻한 숨소리. 그리고 가장 생생해서 떠올릴 때마다 울게 하는 말, 미안함과 고마움과 안쓰러움까지 쟁여 넣은 그 말, 사랑해…… 까지도.

어머니 목소리다. 사 년 전 돌아가신 어머니 목소리! 그 목소리가 자꾸 멀어져간다. 무슨 말을 했는지는 지금도 토씨 하나까지 기억나는데 목소리는 마치 녹고 있는 눈사람처럼 자꾸 그 부피와 질감이 옅어진다.

어머니가 쓰러지고 병석에 계셨던 십육 년 동안, 생과 사를 가

나는 어떻게 불쑥, 떠오르는 사람이 될까

르는 이별은 언제든 우리 모녀에게 들이닥칠 수 있는 통보된 시간이었다. 의사는 지치지도 않고 십육 년을 '준비하라'는 구호를 외쳤다. 처음엔 절대 그럴 리 없다며 억지를 부렸다. 하나밖에 없는 자식인 내가 안 보내겠다는데 누가, 무슨 자격으로 내 엄마를 데려갈 수 있냐며 의사 앞에서 소리도 질렀다. 그러다가 몇 차례나 중환자실을 오가고 가슴에 인공심장박동기를 넣는 시술도 거듭하는 어머니를 보면서, 나는 세상에서 가장 공손한 환자 보호자가 되었다. 불안과 두려움이 바로 눈앞에서 똬리를 튼 세상이 어떤 것인지 그렇게 나는 보았다.

그때부터였던 것 같다. 나는 온몸이 눈이 되어 어머니의 그림자까지도 샅샅이 담았다. 오늘, 지금 보고 있는 저 모습이 세상에서 내가 보는 어머니 마지막 모습이면 어쩌나 하는 상상은 불길했지만 거둬지지 않았다. 때문에 볼 때마다 나로선 절박한 해후였다. 병실을 나와 엘리베이터를 기다리던 순간에 백이면 백 번 다시 들어가 어머니 침대 곁을 돌며 서성인 것도 그래서였다. 어머니 얼굴을 만지고 손을 만지면서 나는 초능력의 힘으로 내 기억의 문을 활짝 열었다. 그리고 내가 느낀 어머니의 살갗 감촉을 저장했다.

그렇게 나는 어머니 이마의 파리한 실핏줄까지도 기억하는 것

에는 성공했다. 정상 체온보다 늘 일이 도쯤 낮아 내 걱정의 온
도를 높이던 어머니의 삼십오 도 언저리의 체온도 지금 안고 있
는 것처럼 생생하다. 어머니를 걱정해 병문안 왔던 사람들이 돌
아갈 땐 외려 자신들이 위로받고 간다며 두고두고 말하던 어머
니의 무구한 미소도 그대로 그릴 수 있다. 평생 무슨 경건한 의
식인 양 바싹 깎아댔던 손톱과 발톱도 눈앞에서 보고 있는 듯하
다. 내가 어머니에게 이 생에서 마지막 해드린 것도 어머니의 손
발톱을 깎아 드린 일이었다. 늙고 병든 어머니의 손발톱이 아기
처럼 부드럽고 얇은 것이 나는 좋으면서도 슬펐다. 나중에 어머
니 세상 떠나시면 어느 한군데 그립지 않을 곳이 없을 테지만,
나는 빨간 속살까지 보이도록 정갈하게 깎인 이 손톱이 그리워
서도 많이 울겠구나…… 그날도 그런 생각에 뜨거운 숨이 목으
로 자꾸 넘어갔다.

  세상엔 힘든 일도 많고 외로울 수 있는 상황도 열 사람이면 열
개 일만큼 다양할 것이다. 어머니가 쓰러지고 나는 외로움의 극
한까지 끌려갔다. 나는 무남독녀였다. 이건 슬픔이든 걱정이든
함께 하거나 나눌 혈육 하나 없이, 오로지 내 슬픔이요 내 걱정
이라는 걸 뜻한다. 나는 투사가 되었다. 아니 되어야 했다. 울어
서도 안 되고 불안과 무서움을 들켜서도 안 되었다. 나는 어머니
가 보고 있는 거울이었기 때문이다. 하지만 나는 안다. 사실은

나는 어떻게 불쑥, 떠오르는 사람이 될까

아픈 어머니가 십육 년 내내 진짜 투사였음을! 그것이 얼마나 큰 어머니의 사랑이었는지를!

어머니는 한 번도 보이지 않았다. 병든 자신에 대한 비관이나 억울함, 한숨과 울음 한 번 나는 본 적이 없다. 돌아가실 때까지 명료한 정신을 갖고 계셨던 어머니로서는 그것이 얼마나 힘들었을까…… 생생하다. 병실 창가에 자리했던 침대에서 창을 통해 계절을 보고 세월을 쌓아오던 어머니. 어머니가 느꼈을 외로움과 막막함과 두려움. 거기에 그 어떤 것보다도 어머니를 많이 괴롭혔을 하나밖에 없는 자식인 나에 대한 온갖 회한의 두께. 어머니 돌아가시고 나를 더 뜨겁게 울게 했던 건 그렇게 투사였던 어머니의 십육 년이 불쌍해서였다. 미안해서였다. 덕분에 내가 덜 힘들었음이 고마워서였다.

어버이날이 코앞이다. 카네이션은 여전히 붉고 예쁘다. 나는 네 번째 가슴에 달아줄 수 없는 꽃을 산다. 이 꽃은 어머니가 계신 추모의 집 봉안당 유리창에 또 일 년 동안 꽂혀 있을 것이다. 갈 때마다 교환해서 붙여놓고 오는 손 편지는 내가 어머니께 들려드리는 내 목소리다.

'엄마' 하고 열 번을 부르면 '우리 딸, 사랑해.'로 열 번을 대답해주던 어머니의 목소리! 쉼 없던 어머니의 사랑 고백! 그 짧은 여섯 음절 목소리가 자꾸 멀어지는 게 슬프다.

부모님 살아계실 때 한번이라도 더 들어라. 모습은 사진으로라도 볼 수 있지만, 목소리는 떠나면 멀어지는 기적汽笛 같은 거더라.

나는 어떻게 불쑥, 떠오르는 사람이 될까

이런 조우! 티끌만큼의 암시도, 갑자기 떠올라 휘청거렸던 1초도 없었는데, 그녀가 불쑥 떠올랐다. 책장 정리를 하다가 눈에 뜨인 낡은 시집 때문이었다. 초록색 하드보드지 표지엔 '릴케 시집'이란 제목이 금박으로 써 있다. 종이가 하도 누렇게 변해 발행일을 보니 거슬러 계산하기도 힘든 1974년이다. 정가 400원. 1974년과 400원이란 숫자가 인식되자 아주 잠깐 숨이 멎는 것 같다.

장미와 불안과 고독, 사랑과 두이노 성과 파도와 천사를 그녀는 말했었다. 릴케라는 이름은 루 살로메와, 러시아와, 절대자와 함께, 당시 내겐 아름다움의 극한이었다. 그때 받은 선물이었다. 받을 당시 그녀가 오랫동안 갖고 있었던 것이라는 설명 때문에 묵직한 무언가가 가슴에 얹혔던 기억이 생생하다.

그녀는 지금 세상에 없다. 나는 그녀의 영정이 맞이해주던 장례식장에서 그녀의 죽음을 확인했다. 두 번 절을 하는 동안 그녀의 명복을 빌었는지는 잘 모르겠다. 다만 그녀가 가만가만 들려주던 릴케의 묘비명을 생각했던 건 분명하다. 릴케 자신이 죽기 전 미리 마련해 놓았다는 그것! 장미꽃을 따다가 장미 가시에 찔린 상처가 백혈병을 일으켜 죽은, 그래서 죽음마저도 시가 된 시인 릴케. 그의 묘비명.

— 장미여, 오 순수한 모순이여, 그 눈꺼풀 아래 그 누구의 잠도 아닌 즐거움이여 —

그리고, 솔직히 잊었다. 그런데 오늘, 그녀가 불쑥 떠올라 하루 종일 나를 그때의 시간에 서게 한다. 한 권의 책 때문이다. 한 사람의 청춘과 그 시간의 손때가 묻은 책을 내가 갖게 됐기 때문이다. 그녀는 그렇게 릴케와 함께 나를 찾아왔다. 나는 생전에 자동차에 미등이 켜지는 시간과 가로등에 불 들어오는 시간을 못 견뎌 했던 그녀를 기억해낸다. 회상의 동기가 한 권의 시집이라는 것이 오늘 이 하루가 저물도록 왜 이렇게나 아름다운가. 그녀가 부럽다.

많은 사람들이 세상을 떠난다. 아직 만으로 육십 년도 못 살았는데, 뻥튀기 좋아하는 세상은 아직도 사십 년이나 더 살아야 한

나는 어떻게 불쑥, 떠오르는 사람이 될까

다는데, 아는 이가 점점 적어진다. 그들은 각자가 내밀 수 있는 최고의 이유로 자신의 떠남을 합리화했다. 아파서와 늙어서가 물론 압도적으로 많다. 하지만 아프고 불편한 다른 이유들도 분명 존재했다. 신기했던 건 들을 때마다 믿어졌다는 것이다. 그냥, 고개가 끄덕여졌다는 것이다.

죽음은 그런 거였다.

더 이상 존재하지 않기 때문에, 존재할 수 없기 때문에, 무조건 믿을 수밖에 없는 것! 여지도 재고도 없는 냉정한 사실! 상상으로라도 돌이킬 엄두조차 불가능한 것! 그래서 가까운 이의 죽음을 겪는 사람들은 울고 침묵하고 칩거했다. 그러면서 세월에 기대 잊어갔다. 그리고 망각의 미안함을 순리라고 말하는 것으로 덮었다.

그런데, 그런데 말이다. 이렇게 오늘처럼 불쑥, 떠오르는 사람을 보며 이렇게 주저리주저리 생각이 많아지는 것은 왜일까?

신기하고도 두렵기 때문이다. 어떻게 살다 갔는지에 따라, 사람들에게 어떤 사람으로 있다 갔는지에 따라, 어느 날 누군가에게 불쑥 떠오를 때의 느낌은 다를 것이다. 그녀는 초록 표지 릴

케 시집으로 불쑥 내게 왔다 갔다. 릴케라는 이름만으로도 나는
온종일 장미향을 맡았다. 그리고 완성하기까지 십 년이 걸렸다
는 "뉘라서 내 울부짖음을 들어줄까"로 시작하는 아프고도 아름
다운 〈두이노의 비가〉를 다시 읽었다. 시집 첫 장부터 마지막 장
까지 꼼꼼하게 눈으로 손으로 더듬어가며 읽었음은 말할 것도
없다. 내게 오기 전 그녀의 눈이 머물고 손이 스쳤을 책이라는
게 처음으로 실감되는 순간이었다. 반갑고 고마웠다. 그리고 그
녀의 부재가 진심으로 슬펐다.

나는 훗날에 나와 인연 맺었던 사람들에게 무엇으로, 어떻게
다녀올까? 사람들은 어떨 때 나를 불쑥 생각해줄까? 무엇으로
그들은 나를 안다고 해 줄까? 불쑥 떠오르는 내가 그들에겐 어
떨까?

자신이 남기고 가는 자취는 정직하다. 집안을 돌아다니면서도
자꾸 뒤가 돌아봐지고, 내 그림자 길이를 거푸 재보는 하루가 저
문다.

나는 어떻게 불쑥, 떠오르는 사람이 될까

유기견, 유기묘? 유기인(遺棄人)은 더 많다

잊힐만하면 뉴스에서 듣게 되는 단어, 받침이 없어 걸리는 데 없이 단박에 쑤욱 들어오는 단어, 그러나 듣고 나선 글자 획 하나하나에 불편한 마음이 걸려 집단 책임에서 자유롭지 못하게 하는 단어, 유기(遺棄)!

'유기(遺棄)'라는 단어를 오랫동안 나는 나와 내 주변과는 상관 없는 타인의 언어라고 생각해 왔다. 심지어 사람에게는 쓰이지 않는, 다른 개체에게나 소용되는 특수한 단어라고까지 생각했었다. 버려진 동물을 다룬 뉴스에서나 간혹 들었고 따라서 반려동물을 키워본 적도 없고 키워볼 의사도 없는 나로서는 어쩌면 당연했다. 뉴스를 보거나 들으면 편치 않은 마음이 들어 인상은 써졌지만 거기까지였다. 버려진 주체가 사람이 아니고 짐승이었기 때문이었다. 그렇게 나는 어쩌다 사람으로 태어났다는 이유로 오만했다.

그런데, 전 세계에 두려움과 공포를 몰아오며 그야말로 코로나19가 들이닥쳤다. 사람들은 불안에 휩싸였고 사회적 거리두기로 경제는 바닥이 어딘지도 모르게 하강했다. 주인으로부터 버려진 개와 고양이가 기하급수적으로 늘어났다는 뉴스가 자주 들린다. 눈에 보이지도 않는 신출귀몰한 바이러스가 인간에게 최후의 보루라고도 할 수 있는 사랑과 정마저 격파한 것이다.

나이가 든다는 건 참 신기한 일이다. 배우지 않아도, 억지로 외우고 익히지 않아도 '아는' 게 자꾸 많아진다. 온갖 경우의 수를 대입해 하나를 보면 열을 본 것만큼 이해 확장이 이루어진다. 버려진 반려동물들을 다루는 뉴스를 보며 TV화면을 통해 내가 본 건, 보고 있었던 건, 퀭하게 파인 눈두덩과 등뼈가 드러나도록 마른 짐승들이 아니었다. 사람들이었다. 나는 버려진 사람들을 보았다. 끝도 없는 불안과 그보다 더 가파르게 치솟아 있는 그리움으로 위태로운 사람들, 굶주림보다 더 절박하게 사람을 상하게 하는 외로움과 그 외로움을 목줄처럼 걸고 방치당한 이 시대의 사람들이었다. 그렇게 나는 '유기'라는 단어와 정면으로 마주섰다.

그러나 살아 있는 사람들 만이었다면 이 글은 써지지 않았을 것이다. 살아있다는 건 그래도 상황을 반전시킬 수 있는 기회가

　　　　　　　나는 어떻게 불쑥, 떠오르는 사람이 될까

있기 때문이다. 나는 죽어서도 유기된 현장을 보았다. 지금까지 내가 본 가장 끔찍하고 가장 화나는 장면이었다.

어머니가 계신 추모공원에서였다. 추모공원 봉안당은 그곳에 안치된 후 10년마다 한 번씩 10년 치의 관리비를 내야 한다. 그런데 그것이 미납되어 그것을 알리는 고지서가 붙어있는 분들이 적지 않았다. 처음엔 내가 갈 때마다 편지를 붙이고 오듯이 그분들 앞에 붙어 있는 노란 직사각형 종이도 거기를 다녀간 후손들의 손 편지인 줄 알았다. 그런데 관리비 미납이라니…… 수개월 혹은 그보다 더 긴 세월 동안 아무도 다녀가지 않았다는 게 분명한 그 장면, 함께 간 아들 내외가 보고 있다는 게 어른으로서 부끄러워 온몸이 뜨거워졌다. 그러나 솔직히 그보다 더 컸던 건 아들 내외에게 그것이 있을 수 있는 일로 느껴지면 어쩌나 하는 불안이었다. 아주 드물게 한 분 앞에만 그런 게 붙어 있었고 나 혼자 간 날이었다면, 대납을 해 드리고 싶은 마음이 들었던 것도 그래서였다.

어떤 사람이 살아서 자신의 봉안묘를 구입하며 백 년 치의 관리비를 미리 냈다는 말을 들은 적 있다. 그 말을 들었을 땐 '백년'이라는 시간에만 초점이 맞춰져 탐욕이라는 생각에 불쾌했던 기억이 난다. 그러나 추모공원에서 봉안당 벽에 붙어 나부끼던 관리비 미납 고지서를 본 후론, 다른 각도로 생각이 바뀌었다. 기간만 떼고 본다면 자신이 안장될 묘지의 관리비 선납을 한 그 사람의 마음이 읽힌다. 비밀스럽게 따라 하고 싶은 마음까지 든다.

유기…… 문법적으로 명사다. 뜻은 내버리고 돌아보지 않음. 버려진 개는 유기견이고, 버려진 고양이는 유기묘다. 그렇다면 버려진 사람은 당연히 유기인이 된다. 이들에게 공통적인 분모는 주인이나 가족, 즉 정 붙이고 산 핏줄이나 친지가 있었다는 것이다. 있었지만 그들로부터 버려졌다는 것이다. 의무와 도리로부터 버려졌던, 사랑과 애착으로부터 버려졌던, 인정과 나눔으로부터 버려졌던, 이전에 누군가와 함께 했던 시간과 기억이 있다는 것이다. 그렇지 않다면 '유기'라는 말이 붙지 않는다. 그래서 길짐승보다 유기된 짐승이 더 불쌍하다. 그래서 혈혈단신보다 가족과 친지로부터 유기된 사람이 더 불쌍하다.

생명이 있는 모든 것은 보호받고 사랑받아야 한다는 데는 누구도 이견이 없을 것이다. 최선을 다한 책임이 사랑이라는 것에도 이견이 있을 수 없다. 그러나 버려지고 있다. 내 몸 건사하기도 힘들어서, 생을 살아내기가 팍팍해서, 숨 한번 쉬면 바뀌는 세상이 너무 바빠서, 온갖 정을 주고받았던 개를 버리고 고양이도 버린다. 부모를 버리고 자식을 버리고 이웃을 버린다.

나는 어떻게 불쑥, 떠오르는 사람이 될까

나를 뒤지는 날이 이어진다. 나는 버린 무엇이 없는가. 나는 무엇으로부터 버려진 건 아닌가. 내가 만든 유기인은 없는가. 내가 혹 유기인이 된 건 아닌가.

사랑을 부활시키고 싶은 마음이 절실해지는 즈음을 살고 있다.

행복숙제를 매일합니다

"나는 내가 어떻게 하면 행복한지 아는 사람인 것 같아."

베란다에서 빨래를 걷고 있다가 거실로 뛰어들어간 건 그 대사 때문이었다. 그냥 켜놓은 TV에서 스치듯 들린 말, 하지만 듣는 순간 내장까지 울리는 진폭이 느껴졌다. 어디에 둔지 몰라 구석구석을 갈아엎으며 찾아 헤맨 물건이 그냥, 갑자기, 쑤욱, 앞에 있을 때의 느낌!

늦은 밤이었고 나는 빨래를 걷고 있었다. 잠들기 전 골고루 수분기가 걷어진 잘 마른 빨래를 걷는 건 내 오랜 습관이었다. 오늘 못 걷으면 내일 걷어도, 귀찮으면 며칠 뒤에 걷어도 사실 아무 지장 없는 일이었다. 빨래의 두께와 무게에 따라 마르는 속도가 다르기 때문에, 가장 두꺼운 게 다 마르면 그때 한꺼번에 걷어도 될 일이었다. 그런데도 나는 일일이 만져보며 마른 빨래는 당일 밤에 걷어왔다. 그래야 편했다. 하루치의 삶을 거둬들이는 시간, 정갈해진 빨래를 걷어 각 맞춰 개킨 다음 각자의 위치로

　　　　나는 어떻게 불쑥, 떠오르는 사람이 될까

입성시켜야 나는 불편하지 않았다. 불편함에 나는 취약했다.

어떻게 하면 자기가 행복한지를 안다니! 거대한 무엇을 발견한 사람처럼 순식간에 경건해진 나는 걷던 빨래를 안은 채로 TV 앞에 앉았다.

청춘 남녀가 어떤 건물 앞 길거리 슈퍼 평상에 앉아 아이스크림을 먹는 장면이었다. 화면이 당겨지자 극중 지방 이름을 앞세운 군청 건물이 보였고 목에 사원 패를 건 사람들이 삼삼오오로 건물 주변을 산책하고 있었다. 사원 패는 남자 목에도 걸려 있었다. 서울과는 다른 하늘을 담으려 애쓴 제작진들의 의도가 그대로 보이는 푸른 하늘이 화면에 가득 담겼다. 여자가 놀란 눈으로 남자를 바라보았다. 맑은 하늘과 정갈한 사원 패와 여자의 놀란 눈, 두 사람이 들고 있는 시원한 아이스크림이 빚어내는 화면이 너무 깨끗해 나도 모르게 숨이 참아졌다. 내 계산이 맞다면 그 장면은 거의 일 분간이나 지속되었다. 자신을 바라보고 있는 여자를 향해 웃는 남자의 미소가 화면 속 하늘만큼이나 환했다.

그때 혼잣말처럼, 웅얼거리는 것처럼, 불만과 의구심이 절반씩 깔린 여자의 목소리가 들렸다.

"넌, 초중고 내리 십이 년을 이 고장 일등이었고, 그래서 저 군청 앞과 우리 학교, 우리 동네 어귀에 현수막이 걸리며 S대 법대에 합격했어. 네가 서울로 떠나던 날 너희 부모님은 물론이고 온 동네 사람들은 같은 상상을 했지. 네가 판검사가 되어 방청객들을 일동 기립시키며 법정에 들어서는 모습. 그런데 너는 공무원 시험을 치렀고 고향으로 내려왔어. 뉴스를 보면 대학 졸업하고도 변호사가 되겠다, 의사가 되겠다며 가방 못 벗는 애들도 천지던데……"

그때였다. 적어도 내 눈엔 그 드라마 최고의 장면이 나타났다. 여자의 말이 채 끝나기 전이었다. 나란히 앉아 있던 두 사람이 동시에 몸을 틀었다. 마주보는 모양새가 되었을 때 여자의 시선은 남자의 목에 걸려 있는 사원 패를 향해 있었다. 남자의 눈이 여자의 시선을 따라가고 있었던 건 말할 것도 없다. 명대사는 당연한 순서였다.

"나는 내가 어떻게 하면 행복한지 아는 놈이라서 좋아. 그걸 실천할 수 있어서 더 좋고."

클로즈업되는 여자의 눈이 반짝였다. 그 둘은 주인공은 아니었다. 약간은 몽환적이고 운명적인 주인공 남녀의 캐릭터를 살

나는 어떻게 불쑥, 떠오르는 사람이 될까

려주기 위해 주변에 배치해 놓은 친구들 중 하나로 남자는 고등학교 동창인 여자를 혼자 좋아하고 있었다. 평상에 걸터앉아 흔들리던 여자의 종아리가 가지런히 모아지며 움직이지 않는 장면이 보였다. 드라마는 필요 없는 장면은 하나도 없다. 두 다리가 정지된 여자를 보는데 안에서부터 흐뭇한 미소가 피어올랐다. 저 두 사람은 연인이 되겠구나……

그날 나는 거의 잠을 자지 못했다. 빨래를 마저 걷어 개켜 넣고 다림질까지 다하고도 잠이 오지 않았다. 자신이 어떻게 하면 행복한지 아는 사람…… 무슨 큰 숙제라도 받은 사람처럼 가슴이 뛰었다.

내가 했었던 좋은 일과 옳았던 일들을 써보았다. 그때 나는 기분이 좋았고 칭찬도 많이 받았다는 기억이 났다. 그러나 그때의 기분 좋음과 사람들에게 들은 칭찬이 나를 행복하게 했는지에는 쉽게 답이 나오지가 않았다.

했기 때문에 맘이 편했고 아쉬움이나 후회가 없었던 일들도 들춰보았다. 그것도 안 했을 때의 불편함과 싸우는 수고를 덜어준 것 정도로 느껴졌다.

그랬다. 나는 한번도 '나의 행복'에 대해선 공부해보지 않은 사람이었다. 다만 어떻게 하면 내가 덜 불행한지만 열심히 익혀

온 사람이었을 뿐이다. 어떻게 하면 후회나 자책을 피할 수 있는지, 어떻게 하면 내 마음이 덜 불편할지, 그런 요령 말이다. 불편하지 않으면 적어도 불행하진 않았다. 불현듯 불편한 마음을 벗으려고 행복하지 않는 일을 많이도 해 왔다는 생각이 들었다.

행복한 것과 불행하지 않다는 것은 다르다. 그것의 삶의 질 역시 다를 것이다. 나는 그날 이후 매일 아침에 눈 뜨면 반드시 하나는 생각해내고서야 침대에서 일어난다. '행복숙제'라고 명명한 그것은 무엇을 해서 불행하지 않는 거 말고, 무엇을 하면 내가 오늘 진짜 행복할지를 아는 것이다.

그 드라마가 빛난 이유다.

나는 어떻게 불쑥, 떠오르는 사람이 될까

일몰은 해 혼자 만드는 게 아니에요

죽전에 온 후론 일몰을 자주 본다. 그 시간에 탄천을 걷는 게
습관이 된 후에 얻어진 선물이다. 물이 흐르는 길 양쪽으로 길게
군락을 이루며 서 있는 버드나무와 싱싱한 물살이, 가장 조용해
지는 시간. 하얀 원피스를 입은 소녀처럼 자태 고운 두루미의 비
행도 멈추고, 천연덕스럽게 떠다니던 청둥오리 무리도 물 위로
늘어진 버드나무 이파리들 속으로 숨는 시간. 이름은 모르지만
어른 종아리 굵기와 길이는 거뜬히 될 것 같은 물고기들도 모래
를 들추며 물살 아래로 낮게 가라앉는 시간. 그리고 개나리가 물
꼬를 튼 봄부터 하늘이 좁을 만큼 각 구간마다 피어 있는 꽃들도
몸을 접는 시간. 보고도 안 믿어지고 지금도 내가 진짜 본 게 맞
나 하고 탄천을 걸을 때면 눈과 머리와 가슴이 자꾸 총동원되는
탄천 풍경이다.

해만 지는 게 일몰이라 생각했었다. 때 되면 일어나서 밥 먹고
일하다 잠에 드는 것처럼 일출도 일몰도 일상 속에서 일어나는

시간 풍경으로만 생각했다. 쌓인 어둠을 걷어내고 떠오르는 게 일출이듯이, 열기를 걷어내며 제자리로 돌아가는 게 일몰이라고 말이다. 당연히 일출과 일몰을 말할 때 모든 건 '해'에만 집중되어 있었다. 노을이 사무치게 아름다운 날도, 그 아름다움이 너무 깊어 기어코 눈물이 터질 때도 몰랐었다. 햇살은 엷어지는데 붉은 너울의 두께를 불리며 부풀어 오르던 구름을 볼 때도 몰랐었다. 그저 저녁이 오고 있구나…… 오늘 하루도 이제 '어제'가 될 시간이 얼마 남지 않았구나…… 그러면서 모든 '끝'은 참 극적이라고 중얼거렸다.

그런데 탄천을 걸으며 보았다. 죽전으로 이사 온 지 육 개월째, 낯설음과 막막함과 두려움을 이기기 위해 걷기 시작한 탄천 산책로에서 말이다.

이마가 빙판처럼 매끄럽게 어는 것 같았던 지난겨울, 처음으로 일몰 사진을 찍으며 아마 나는 울었던 것 같다. 내가 걷기 시작하는 죽전교부터 대지교와 오리교와 구미교를 거쳐 미금교, 터닝 지점인 돌마교, 컨디션이 좋아 좀 더 멀리 가는 날이면 불정교를 지나 금곡교까지 젖어들던 일몰의 해. 그 젖음이 너무 매끄러워, 그 젖음이 너무 순리 같아 숨조차 참으며 나는 집중했었다. '아름다움'이란 단어가 묵직하다는 것도, 감동이야말로 진짜 눈물의 길을 터주는 것이란 것도 그날 알게 됐다. 유체이탈된 사람처럼 그날 나는 분명 비현실적인 시간과 만났다.

일몰은 해 혼자 지는 게 아니었다. 온 세상과 사라짐을 함께 겪는 게 일몰이었다. 마지막을 함께 하는 것은 애틋하다. 애틋해서 특별한 게 된다. 새벽에 떠올라 하루 동안의 순결한 노동으로 소임을 다한 해의 마지막은 눈부셨다. 허공과 구름과 바람 같은 자연이 해 주위로 도열하고, 건물과 다리와 도로와 사람들이 숨 죽인 채 해의 마지막 숨을 함께 쉰다. 그것이 일몰이었다. 하늘이 하루 중 가장 뜨겁게 요동치는 시간! 어디 하늘뿐인가. 만상(萬象)이 가장 예민한 촉수로 첨탑 같은 엑스터시에 젖는 시간! 하루가 뜨거웠을수록, 땅 끝까지 뻗칠 만큼 햇살이 길었을수록, 일몰은 진하고 분명하다. 비가 오거나 흐린 날은 사실 해가 진후에도 졌음을 모르지 않는가.

사람도 마찬가지일 것이다.

삶이란 어쩌면 새벽이 먼 사막을 종단하는 것 같은 것일 지도 모른다. 외로움과 두려움과 막막함과 온몸의 모공이 막힐 만큼 대치해야 할 수도 있다. 스쳤던 모든 게 신기루 같아 자신의 그림자조차 하루에도 몇 번씩 확인해야 하는 수고가 멈춰지지 않을 수도 있다. 그러나 그것들에 대항하는 자신의 의지가 치열했을수록 삶에 대한 경외심이 선물처럼 찾아온다. 이런 사람에게 어찌 온 세상이 그를 도와 눈부신 일몰 같은 노년과 죽음을 갖게 하지 않겠는가. 비 오거나 흐린 날 같은 생의 허술한 지점은 누구든 갖고 있는 구간이다. 거기에 주저앉아 멈춘다면 인생의 아름다운 일몰은 없을 것이다.

오늘도 일몰의 시간에 나는 탄천에 있다. 구름 한 점 없던 쨍한 대낮이 밀려난 저녁, 눈동자를 한껏 넓혀 바라보는 하늘에 붉은 접시 같은 해가 선명한 자태로 떠 있다. 카메라로 해를 당기니 돌마교 아래 흐르는 물살 위로 꼭 같은 해가 내려온다.

죽전에 와서 처음 보는 풍경이 자꾸 생긴다. 어디선가 해가 진다면 잠시 가던 걸음과 부산했던 마음을 멈춰보라. 일몰에 혼자 있다고 외로웠는가. 온 우주가 지는 해를 돕고 있다는 걸 당신도 알게 되리라. 열심히 살아온 당신이 지나고 있는 시간도 마찬가지다.

당신이 살고 나이 들어가는 시간, 당신은 혼자 늙는 게 아니다.

나는 어떻게 불쑥, 떠오르는 사람이 될까

그리고, 기적을 본다

　예외는 일어나지 않았다. 오늘도 어제와 똑같다. 아침에는 거실 창 블라인드를 걷으며 창문보다 내가 먼저 햇살 온기에 따뜻해졌다. 한 시간 전에는 후배와 통화하며 그 목소리가 익숙한 것이 새로워 목이 멨고, 십 분 전에는 분리수거를 하러 나간 길에 누군가 아파트 나무를 사진 찍는 모습에 가슴이 찡했다. 푸른 잎이 돋아나고 있는 나무를 자식 안듯이 안고 있는 할머니를 볼 때는 가슴에서 반가운 무엇의 발짝 소리가 들렸다. 그랬는데 지금 뉴스를 보다가 뉴스 말미 앵커의 짧은 크로징에 기어코 눈물이 핑 돈다.

　"그래도, 봄은 오고 있습니다!"

　희한한 일이 벌어지고 있다. 2020년, 사람들은 봄을 말하며 운다. 나뭇잎이 연둣빛으로 물들고 있다며 울먹이고, 걸치고 나온 겉옷이 무겁다며 목소리가 젖고, 개나리가 피었다며 기쁨의

비명을 지른다. 하늘이 너무 깨끗해 머리카락 숫자까지 비칠 것 같다며 숨차하고, 새들의 날갯짓에서 피가 도는 온기가 느껴진다며 박수를 친다.

그래도, 오고 있는 봄 때문이다.

그래도! 코로나19라는 신종 바이러스의 역습으로 난리도 이런 난리가 없는 이런 중에도, 인내의 한계를 넘어가는 불안과 두려움과 분노 속에서도, 그것을 밀치며 우리 곁으로 오고 있는 봄, 때문이다. 극적인 신비, 극적인 아름다움, 극적인 고마움이 아닐 수 없다. 사전 선전포고도 없이 무지막지하게 들이닥친 코로나19! 몇 달째 청각을 지배하는 불길한 숫자들이 자고 나면 주인 없는 묘의 비문처럼 화면에 뜨는 세상, 확진자 수와 사망자 수, 퍼져나간 대륙과 나라 이름들의 숫자가 읽어내기도 버겁게 올라가는데, 그렇게 온 세계가 성경 속 노아의 방주를 꿈꾸며 눈에 보이지도 않는 공포의 주인공과 싸우는데, 그래도! 봄이 왔기 때문이다.

그리고 기적을 본다.

당연했던 것이, 당연해서 솜털 하나 흔드는 감동도 안 되던 것

　　　　　나는 어떻게 불쑥, 떠오르는 사람이 될까

이, 기대 못한 기쁨이 되고 엎드려 맞아도 부족한 선물이 되는 것. 지척에 두고도 별다른 정을 못 느꼈던 인연들이 뜸하게 주고받는 전화 속 목소리만으로도 왈칵왈칵 그리운 이름이 되는 것. 흔하게 습관처럼 했던 기도가 뜨겁고 절실한 간구가 되는 것. 그 기도 속에 원래 자리를 잡고 앉아 있는 마음속 몇몇이 자꾸자꾸 그 수가 불어나 온 세계 사람이 된 것. 꽃이 피고 나무에 물오르는 것이 진짜 너무 고마운, 고맙다는 말이 얼마나 귀한지 알게 돼서 더 아름다운, 2020년 봄이 왔다.

마주보지 말라고 한다. 손도 잡지 말라고 하고 가능한 서로 말도 하지 말라고 한다. 여럿이서 밥 먹는 것도 피하고, 틈 날 때마다 삼십 초 이상 손을 씻으라고 한다. 외출할 땐 마스크를 쓰고 사람 사이에 이 미터의 거리를 두라고 한다.

본 적도 들은 적도 없는 풍경이다. 눈 감고도 다 안다고 믿어 왔던 세상이 마치 오늘 처음 만난 생면부지의 세상 같다. 각 학교의 개학이 연기되고, 일상을 지배했던 모든 시간표가 멈췄다. 한적해진 거리엔 마스크를 쓴 사람들이 우울한 눈빛으로 빠른 걸음을 걷고 집집마다 현관은 더욱 둔탁한 소리를 내며 닫힌다.

자고 나면 세상의 나라들이 호명되며 그 나라의 확진자와 죽은 이들이 숫자로 발표된다. 집단감염을 일으킨 장소와 건물 앞에서 판도라의 상자처럼 위태로운 마이크를 잡고 보도하는 기자들, 자식 같아서 형제 같아서 친구 같아서 한마디도 흘려듣지 못한다. 그렇게 우리는 희대의 전염병과 싸우고 있다. 매일 묻는 안부전화가 어느 때보다 뜨겁다. 그런데, 그런데 말이다. 매일이 절벽에 선 것 같은 이런 불안과 공포와 두려움 속에서도 무언가 따뜻하게 손에 잡히는 것 같은 이것은 무엇일까? 가슴에서 도란도란거리며 깨어나는 이것은 분명히 슬픔과는 다르다.

뜻밖의 해후 때문이다.

소중한 줄 모르고 지녀왔던 모든 것들, 옆에 있는지도 모르게 무심했던 모든 것들과의 만남 때문이다. 당연하다고 믿어왔던 것들이 얼마나 눈부신 축복이었는지, 때 되면 피고 지는 꽃들이 얼마나 큰 생명의 두드림이었는지, 시간만 내면 언제든 볼 수 있는 인연들이 얼마나 천군만마 같은 힘이었는지, 이제야 보고 만지고 느끼며 알게 됐기 때문이다. 해외에 나가 있는 자국민을 데려오기 위해 전세기를 띄우는 뉴스를 보던 날, 남남인 그들의 귀국이지만 나는 가슴을 쓸어내렸다. TV에서 완쾌 숫자가 뜰 때는 피붙이처럼 환호하며 진심으로 기뻤다. 코로나19와 맞서는 시간을 살면서 사람들은 진짜 정을 냈고 진짜로 선해졌다.

나는 어떻게 불쑥, 떠오르는 사람이 될까

기적은 전에 없던 것들을 데려오거나, 처음 만나는 기이한 사건이거나, 한계를 넘어선 엄청난 사건이라고 믿어왔다. 그래서 그동안 한 번도 못 만나본 신비한 무엇으로 언어 사전 속에서만 존재하는 거라고 밀쳐냈었다. 그런데 지금 두 팔을 브이 자로 높이 벌리고 온 가슴 열어 어느 때보다도 맑은 눈으로 기적을 본다.

　2020년 봄이다. 개나리와 매화가 피고 라일락이 꽃잎을 벌리는 봄이다. 코로나19보다 힘센 봄이 왔다. 가혹하게 아름다운 기적의 현장에 우리가 있다.

아는 사람이 점점 없어집니다.

아는 사람이 세상을 떠났다! 세상이 또 그 사람 이름만큼 헐거워진다.

그녀는 나와는 촌수가 성립되는 친척은 아니다. 살갑게 개인적인 관계를 갖지도 않았으니 친지라고도 할 수 없다. 관계를 억지로 짚어보자면 그녀는 내 외종사촌 언니들의 내종사촌이다. 그러나 나는 그녀를 잘 안다. 대학 2학년 때 아버지가 돌아가신 걸 필두로 오늘 이 시간까지 많은 일가친척, 지인들이 세상을 떠났다.

사 년 전 어머니를 보내드리며 나는 이제 어떤 부고에도 담담할 수 있을 줄 알았다. 내게 어머니는 내가 느낄 수 있는 모든 그리움과 외로움의 진원지였으며, 내가 낼 수 있는 최대치의 사랑과 존경과 애틋함의 주인공이었다. 그런 어머니와의 생사를 가르는 이별을 나는 겪었다. 인간이 느낄 수 있는 극한의 놀람과 슬픔은 그렇게 민낯으로 쳐들어왔고 나는 아직도 그것들과 전쟁

나는 어떻게 불쑥, 떠오르는 사람이 될까

중이다.

 그런데 오늘 날아든 부고에 평상심을 잃는다. 떠오르는 몇몇 얼굴들, 내게 소중한 이들에 대한 걱정이 떠난 이를 향한 애도보다 먼저 찾아왔다.

 맨 먼저 K이모가 떠올랐다. 어머니 직계 형제는 다 돌아가시고 사촌까지 훑어도 이제 한 분 남은 외가 쪽 어른, 다정하고 열려 있는 마음을 가진 K이모를 나는 좋아했다. 이모와 오늘 세상을 떠난 이는 사돈이지만 친한 친구였다. 물론 나이도 같았다. 나는 동갑인 친구의 부음을 듣는 이모의 마음이 읽혀 애가 탔다. 다음으론 외종사촌 언니 중에 큰언니가 걱정됐다. 큰언니와 오늘 세상을 떠난 이는 그들의 많은 내종사촌 자매들 중에서도 유독 각별했다. 그 각별함이 언니를 오래 울게 할까 봐 마음이 쓰였다. 사람이 세상을 떠났는데 떠난 이보다 그 사실에 가슴 아플 사람에 대한 걱정으로 애가 타는 나를 만난 신기한 날이었다.

 그러나 그보다 더 신기한 일은 바로 이어 일어났다. 울음이 터진 것이다. 고백한다. 떠난 이에 대한 애도만은 아니었다. 아는 사람이 점점 없어진다는 자각 때문이었다. 그것은 지름을 잴 수 없는 거울로 나를 비추는 것처럼 후려쳤다.

점점 없어진다. 내가 아는 사람들! 옛날 사진을 보면 그 사실은 극명해진다. 아직도 갖고 있는 어머니 앨범 속엔 내가 아는 많은 사람들이 있는데, 앨범을 덮으면 그들은 이미 세상에 없는 사람들이 대부분이다.

어머니가 떠나시기 몇 달 전, 옛날 사진들을 보고 싶다고 하셔서 어머니 앨범을 병원에 가져가 함께 본 적이 있다. 그때 어머니는 내가 기억하는 한 처음이자 마지막으로 소리 내어 우셨다. 쓰러진 후 십육 년을 병석에 계시면서도 신세한탄이나 원망, 눈물 한번 드러낸 적 없이 강했던 어머니의 울음. 그리고 기어코 나까지 울게 만들었던 어머니의 반복되던 혼잣말, 그건 작정하고 그리운 이들을 온몸으로 부르는 주문과 같았다.

"여기 이 사람들 다 어디 갔을꼬? 얼마나 먼 데 갔으면 다시는 못 올꼬? 이렇게들 성성했는데 네 아버지, 네 이모와 이모부, 지명 반도 못 살고 간 천금 같은 내 조카, 진짜 다들 어디 갔을꼬?"

그날 어머니는 한참 동안이나 울음을 그치지 못했다. 내 앨범도 마찬가지다. 이름을 떠올리는 것만으로도 너무 생생하게 느껴지는 많은 사람들이 우리가 말하는 '다음 세상' 주민이 되어 떠났다. 기억은 시간보다 정직하다. 아는 사람이 시간이 흐른다

나는 어떻게 불쑥, 떠오르는 사람이 될까

고 모르는 사람이 되지 않는 이유다. 그런데 그 '아는' 사람들이 점점 없어지는 것이다.

오늘 그녀의 부음을 전해준 건 외종사촌 언니들이었다. 형제자매가 있는 그녀들에겐 내가 한 명의 외종사촌일 뿐일 테지만, 형제가 없는 내게는 세상에서 가장 가까운 혈연이다. 서로의 어머니를 이모라 부르고, 특히 큰언니는 딸인 나보다도 어머니를 더 닮아 어머니가 떠나신 후 부쩍 그리운 적 많았던 사람이었다. 최근에 큰언니로부터 받은 카톡도 '이모 닮았지?' 라는 말과 함께, 정말 어머니를 빼닮은 큰언니 사진이었다. 나는 큰언니가 오늘 부고에 마음 아플까봐, 오래 울까봐, 그러다 마음이 약해질까봐 정말 조바심이 쳐졌다. 제발 오래 살아달라는 말이 방언처럼 터졌다. 아프지 말라는 말도 자꾸 나왔다.

나이는 해마다 많아지는데 아는 사람은 해마다 줄어든다. 아는 사람이 줄어든 세상은 자꾸 넓어진다. 자꾸 넓어지고 있는 세상은 자꾸 모르는 곳을 낳는다. 모르는 곳이 많으면 사람은 외로워진다.

대표로 문상을 가는 작은언니 계좌로 조의금을 보내면서 나는 K이모에게 전달을 부탁하며 오랜만에 이모 용돈도 함께 보냈다. 이모라고 부를 수 있는 사람이 있다는 게, 아직 한 사람이라도 우리 곁에 있다는 게 너무 소중했다.

남아 있는 아는 사람을 한 사람 한 사람씩 소환해 마음으로 만나본다. 그저 고맙고 그저 눈물겹다. 내게 '아는' 사람이 돼 준 소중한 그들을 생각하자 가슴이 뭉클, 평화롭게 젖는다. 아는 사람! 우리가 살고 있는 세계요 시간이다. 그리고 우리를 끝까지 '우리'이게 하는 신비다. 오늘 세상을 떠난 이의 가는 길이, 내가 그녀를 '알고 있음'으로 조금이나마 덜 외롭기를……

나는 어떻게 불쑥, 떠오르는 사람이 될까

보이지 않는 사랑

그렇구나! 불꽃이 보이지 않는다고 뜨거워지지 않은 건 아니었구나! 불꽃 피어오르는 소리가 들리지 않는다고 무심한 사람의 냉정한 입술처럼 묵묵부답은 아니었구나!

시뻘건 몸짓 보이지 않아도 백 도까지 펄펄 끓게 하고, 열 오르는 현란한 소리 하나 없어도 그 위에 얹히는 순간 몸은 데워지는구나!

이십 일 만에 나는 인덕션 앞에서 웃었다. 죽전으로 이사 온 지 이십 일째 되던 날이었다. 나를 모른 체하던 사람의 무릎을 꿇린 것처럼 나는 감격했고, 그 감격이 너무 생생해 온몸의 솜털이 곤두섰다.

지난해 12월 12일 나는 서울을 떠나 용인시 죽전동으로 왔다. 용기에 용기를 거듭 내느라 팽팽하게 잡아당겼던 심장이 아팠다. 육 년 연애 후 결혼한 남편을 따라 스물네 살 가을에 온 서울을 예순을 열여덟 밤 앞두고 떠나던 날, 하늘도 공기도 짱짱했다. 삼십오 년이란 시간이 만폭의 병풍이 되어 펼쳐지고 있었다.

대구 토박이인 내가 6년 연애 끝에 1984년 결혼으로 서울 여자가 되어 맨 처음 둥지를 틀었던 신림 2동, 남편 학교와 하숙집 근처라서 낯설음도 두렵지 않았던 신혼 첫 집.

거기서 2년을 살다가 지도를 펴놓고 여기 가서 살까? 장난처럼 갔었던 화곡동, 두 번의 자연유산 끝에 드디어 '부모'라는 축복의 타이틀을 거머쥐고 아들을 만났던 곳, 우리 부부를 통해 세상에 온 아들이 매일 보여주던 장면 하나하나가 신기해 웃고 울었던 곳.

아이가 첫돌 지난 즈음 오랜만에 소식을 전해 온 친구 따라 올림픽대로를 달려 둥지를 틀었던 잠실, 잠실 주공 열세 평과 열다섯 평을 거치는 동안 시인이 되고 학부형이 되었던 곳. 남편과 공동명의로 가진 첫 자가 집도 잠실대교 바로 곁, 장미아파트였다.

그리고 마흔여섯 때 동부간선도로를 달려 창동 삼성 래미안으로 가 십삼 년을 살았다. 내 인생에서 가장 많은 의무와 책임이 주어진 긴 시간이었다. 숨만 쉬고 누워 있어도 끝 모를 깊이의 웅덩이가 생겨나던 그곳에서 나는 용케도 거뜬히 살아냈다.

나는 창동에서 쉰을 맞았고, 쉰여섯에 어머니를 잃었다. 내가

나는 어떻게 불쑥, 떠오르는 사람이 될까

알고 있던 슬픔으로는 도저히 표현할 수 없는 질기고 긴 슬픔과의 만남이었다. 이 년 후 쉰여덟엔 아들을 결혼시켜 떠나보냈다. 형제 없는 무남독녀인데다 자식도 하나밖에 없는 나로서는 또 한 번의 혹독한 이별이었다. 하지만 내가 넘어야 할 모든 고지를 다 넘은 가장 뿌듯하고 자랑스러운 이별이었다. 아니 살면서 경험한 모든 이별 중에 가장 홀가분하고 좋은 이별이었다.

그리고 예순을 열여덟 밤 남기고 나는 내 모든 의무가 끝난 창동을 떠나왔다.

삼십오 년 서울 생활은 그렇게 끝났다. 관악구에서 시작하여 강서구와 송파구를 거쳐, 꽁꽁 언 마음으로 자진 월북하듯 건너갔던 도봉구를 끝으로, 나는 내 고향 대구 쪽과 조금 가까워진 용인시 죽전동으로 다시 남하했다.

집을 구입할 때 리모델링을 완벽하게 한 집이라는 건 큰 장점이었다. 이미 보편화되었다지만 가스오븐렌지만 써 온 내겐 눈으로도 귀로도 보여주고 들려주는 것 하나 없는 인덕션이란 조용한 열기구가 처음엔 신기했다. 군더더기 하나 없고 어디 한 군데 튀어나온 데도 없는 매끈한 자태는 매료되기에 충분했다. 당연한 듯 멀쩡한 4구짜리 가스오브렌지는 버려졌다. 그런데 문제는 그때부터였다.

인덕션은 전원을 켜고 화력을 최고점인 9까지 올려도 도무지 뜨거워졌는지, 불길 강도는 어떤지 알 수가 없었다. 스위치를 누르는 순간 푸른 불꽃으로 반응하며 버튼 위치에 따라 불길의 세기를 확인시켜주는 가스렌지와는 달라도 너무 달랐다.

나는 더 다가가 그의 마음을 열기 위한 어떤 노력도 포기해버렸다. 그리고 데워지는 모습도, 나에게 다가오는 소리도 들려주지 않는 인덕션 보란 듯이, 다용도실에 따로 마련된 세컨드 주방에 가스렌지를 사 들였다. 마음 가는 사람이나 사물이 유달리 적은 대신, 마음이 간 사람이나 사물은 복종에 가까운 사랑으로 보듬고 키워왔다. 그러나 이젠 그러기 싫었다. 아니, 싫어야 했다. 나는 서울을 떠나 왔고, 몇 밤만 자면 나이 육십이 되기 때문이었다.

오래 참고 오래 봐주고 오래 기다려주는 것엔 현존하는 인류들 중 일등이라는, 농담이겠지만 진심 섞인 주위 평판에 대한 정면 거부는 그렇게 시작되었다.

죽전으로 이사를 결심하며 나는 나 자신에게 선포했다.

모든 사랑과 대우와 존중의 순위에 나를 제일 높은 곳에 올려놓은, 나 홀로 국가의 헌법 1조 같은 다짐이었다.

　　　　　나는 어떻게 불쑥, 떠오르는 사람이 될까

이제는, 이제 육십부터는, 나를 맨 먼저 생각할 거다. 나를 참아주고, 나를 봐주고, 나를 기다려 줄 거다! 나를 옳다고 칭찬하고, 나를 잘한다고 응원하고, 나를 위해 기도해줄 거다!

나이 육십! 생의 마지막 집이 될 확률 99.999%다. 죽전은 그 하나의 의미만으로도 애틋함이 더해지고, 그래서 더 나에 대한 재정비가 필요한 지명이었다. 가버린 많은 세월과 얼마나 남았는지 알 수 없는 시간의 저울을 붙들고 이사 오기 전부터 참 많이 힘들었었다. 살면서 그렇게 매일, 지속적으로, 일 분 일 초를 검증하고 훑으며 내 속마음을 펼쳐보았던 적 없었다.

그렇게 나는 죽전으로 왔다.

죽전으로 이사를 결심한 후 분당에 사는 아들네와 가깝다는 게 전면에 내세운 이유였다. 하지만 그건 사실 여러 이유 중 하나에 불과했다. 지극히 개인적이겠지만 죽전이라는 지명이 주는 울림과, 그 울림에 이끌려 와본 날 도시가 주는 느낌이 나를 당겼다는 게 더 큰 속내였다. 없는 게 없는 번화함과 도시 하늘을 꽉 메운 고층 아파트 숲은 서울의 어느 거리와 다를 바 없었다. 그러나 나는 첫 번째 답사에서 나도 모르게 훌쩍 건너간 내 마음을 발견했다.

길, 때문이었다!

나서면 그냥 산책길이 되는 호젓하고 정갈한 죽전의 길! 그 길을 만들고 있는 단정하고 품위 있는 구릉 혹은 야산들과 오 분만 걸어도 쉴 자리를 보여주는 소공원들, 신도시의 정비된 예쁜 가게들…… 십 차선 대로에 있다가도 아무 때나 눈에 들어오는 길로 방향을 틀면 바위와 나무와 풀들이 품고 있는 길을 보여주는 곳. 어느 아파트를 들어서도 다른 아파트와 이어주는 샛길이 사방으로 있어 '우리'와 '너희'라는 차가운 구획 없이 '모두'를 느끼게 하는 곳.

단절과 외로움과 독방은 그동안 살았던 저 너머의 일이고 이제는 당신과, 그들과, 세상과, 소통으로 따뜻해질 아랫목 같은 도시, 죽전! 그렇게 나는 길이 아름다운 도시, 죽전 여자가 되었다.

세컨드 주방은 냄새나는 생선을 구울 때나 곰국 같은 오랜 시간을 필요로 하는 음식을 할 때 사용하는 곳으로 집집마다 휴대용 버너가 놓여 있는 게 대부분이다. 그런데 나는 아예 가스렌지를 새로 놓아버렸다.

인덕션은 그 모습에 반해 마음에 품었다가 냉기 성성한 차가움에 백기를 던진 시작도 못한 사랑이 되었다. 자기 마음대로 내 마음에 턱, 들어와 놓고 내 손길 내 마음엔 모르쇠로 일관하다니!

숨소리마저도 비칠 것 같고 내려앉는 먼지 한 톨도 들킬 것처럼 투명한 인덕션은, 마음 줄 것도 아니면서 무례하게 내 안에 침범한 난공불락의 상대 같았다. 자신의 역할은 안 하면서도 내 마음을 빼앗았단 이유만으로도 당당하고 그 당당함에 더욱 무력해진 나는 만만한 가스렌지만 더욱 휘어잡았다. 당연히 모든 음식은 따뜻한 실내를 벗어나 다용도실에서 했다.

그렇게 나는 이십 일 동안이나 두 집 살림하는 사람처럼, 내 맘대로 되지는 않지만 어여쁜 인덕션은 따뜻한 실내에 두고, 아무 때나 내 맘대로 부릴 수 있는 가스렌지는 온기 없는 다용도실에서 부려먹었다.

그런데 오늘, 죽전에 온 지 이십 일 만에 드디어 인덕션에서 음식이란 걸 완성해 본 것이다. 마지막으로 한 번만 더! 도무지 마음을 알 길 없는 사람에게 최후의 읍소를 하듯 나는 인덕션 전원을 켰다. 역시 아무런 반응이 없다.

그런데도 무턱대고 기다렸던 건 왜였을까? 소리도 불꽃도 변화도 없는 그 앞에서 어쩌면 나도 모든 걸 내려놓고 있는 중이었는지도 모르겠다. 감감무소식인 그 곁을 지키고 서 있는데도 나는 불안하지도 화가 나지도 않았다. 최후통첩을 준비한 사람의 담담함을 나는 나한테서 보았다.

  그런데, 보았다. 노랗게 익은 계란찜을!

  데워지고 타오르는 어떤 기척도 보여주지 않았지만 인덕션은
데워졌고 타올랐으며 마침내 내가 원하는 어떤 음식을 내 앞에
데려다 놓았다.

  그렇구나! 불꽃이 보이지 않는다고 뜨거워지지 않은 건 아니
었구나! 불꽃 피어오르는 소리가 들리지 않는다고 무심한 사람
의 냉정한 입술처럼 묵묵부답은 아니었구나!
  시뻘건 몸짓 보이지 않아도 백 도까지 펄펄 끓게 하고, 열 오
르는 현란한 소리 하나 없어도 그 위에 얹히는 순간 몸은 데워지
는구나!

  보이지 않는 사랑이 시작되었다.

어느 날, 당신을 불러낼

균열이었다. 아니다. 그것으론 부족하다. 분명히 틈이 생기는 정도는 훨씬 넘어 있었다. 몇 날 며칠 아무 때나 떠오르고 떠올려질 때마다 촉감 좋은 이불을 덮는 것처럼 따뜻해졌다. 살아오는 동안 온몸에 고랑을 파듯 함부로 파헤쳐졌던 시간에 고운 흙이 덮여 편편해졌다. 어디선가 생명력 강한 씨앗이라도 날아온다면 어쩌면 곱디고운 야생화 한 송이도 볼 수 있을 것 같다. 그러니 이건 균열 정도가 아니라 진동이요 지진이라고 해야 맞다.

나이가 들어가면서 아니 더 정확히 말한다면 4년 전 어머니가 돌아가신 후부터였다. 나는 외부로부터 받는 충격엔 온갖 기능성을 다 장착한 견고한 머리, 가죽 같은 가슴이 되었다고 믿고 살았다. 불변의 아군이자 지지자요 내 추종자이기도 한 어머니가 무남독녀인 '나를 두고' 죽었다는 건, 세상이 내게 줄 수 있는 극한의 충격이요 용서불가의 배신이었다. 어떻게 둘러대고 어떻게 설득해도 어머니를 데려간 세상은 내게 돌이킬 수 없는 죄를 지은 것과 같았다. 남들은 내 나이 쉰 중반까지 어머니가 계셨으니 그만하면 복 받은 거라고 어릴 때 외웠던 국민교육헌장 읊듯 말해댔지만, 그건 피 한 방울 섞이지 않은 남들의 책임 없는 '짓거리'에 불과했다.

나는 내가 어머니를 붙들고 늘어졌던 십육 년, 어머니가 병석에 계셨던 십육 년이, 무남독녀인 내게 허락도 양해도 구하지 않고, 갑자기 어머니를 데려간 것으로 끝난 것을 용서할 수 없었다. 그때부터였다. 무심코 내쉬는 숨 한번처럼 사소하든, 창문에 테이핑을 해야 할 만큼 굉장한 속도로 몰아치는 폭우 같은 것이든, 나를 지배할 무엇도 나를 떠난 외부엔 없다는 슬픈 자신감이 찾아왔다.

외면과 단절과 냉소와 의심과 포기에다 기대박멸······과 교환된 자신감! 든든하지도 용기가 생기지도 않는 눕기 일보 직전의 저체중 자신감! 세상은 타자들의 집합체였다. 세상에 와 제일 처음 만났고, 가장 뜨거운 사랑을 받았으며, 가장 오래 내 그림자의 길이를 눈에 담은 '엄마'도 결국은 자신의 시간을 살다가 '날 두고' 갔지 않은가. 나는 온갖 약속과 맹세와 믿음과 도리가 도덕책과 위인전의 최면과 세뇌에서 비롯된 것이란 걸 어머니의 죽음으로 깨달았다. 그러자 외부로부터 오는 어떤 것에도 나는

나는 어떻게 불쑥, 떠오르는 사람이 될까

정오의 시곗바늘처럼 꼿꼿할 수 있었다. 슬픈 자신감은 그래서 움켜쥘 수 있었다.

나를 웃게 할 일도, 나를 울게 할 일도, 나를 날게 할 일도, 나를 주저앉게 할 일도, 결국은 내가 만들고 내가 느끼다가 내가 버릴 수 있을 뿐, 세상은 내게 아무것도 하지 못한다!

나는 더 철저히 나 자신에게 열중했다. 외로워지지 않기 위해 자청해서 외로움을 불렀고, 외부로부터 주고받은 감정의 상처를 낮게 하기 위해 내가 나를 파헤쳤다. 그러자 조금씩 고요해졌다. 그러면서 세상이 내게 타자들의 집합체가 아니라 내가 세상의 타자로 입장이 전도되었다.

그때부터였다. 나는 '다행'이라는 단어를 매일 일기장에 썼다. 기대하지 않으면 그 어떤 것이라도 나와는 무관했다. 당연히 세상엔 아군도 적군도 없어졌다. 세상으로부터 보이는 것도, 내가 세상에 보여줄 것도 없는 시간은 늘 정오거나 자정이었다. 그만큼 내 외로움은 휘지도 눕지도 못하고 늘 직립이었다.

그랬는데 갑자기, 세상에 초침 분침 시침 돌아가는 소리가 요란하다. 미소가 지어지고 어깨가 세 시쯤으로 기울어진다. 가슴이 뛰며 여덟 시경으로 허리도 휜다. 기분이 좋다. 설렌다. 세상

으로부터 어느 날, 불쑥, 난데없이, 우리 앞에 훅! 하고 그 남자
가 나타났다!

슈가맨 시간 여행자 양준일! 시간 여행자라는 부연이 무릎을
치게 하는 사람! 시간이 사람을 지나간 게 아니라, 사람이 시간
을 쓰고 살았음을 보여주는 그가 왔다. 그래서 우리가 그를 소환
한 게 아니라 그가 여행했던 시간에 우리를 소환시킨 사람!

우리 나이로 쉰이 넘었다는 그는 선이 고운 남자였다. 머리부
터 발끝까지 감탄이 절로 나오게 유지가 잘 된 몸을 말하는 게
아니다. 단박에 읽혔다. 어느 한 곳도 비탈지거나 울퉁불퉁하게
만들지 않고 곧게 닦아온 그의 마음과 시간! 참 곱게 살아왔구
나. 참 선하게 살고 있구나. 그는 참 난사람이구나. 나는 내가 할
수 있는 최상의 인정과 수긍으로 그를 맞았다.

우리가 미안하네 안타깝네 하며 불러 보고 있는 삼십 년과, 그
가 살아왔고 살고 있는 삼십 년은 달랐다. 그건 아름다움이었다.
시대가 내몰았던 그의 삼십 년 시간이 그를 통해 우리에게 전달
된 건 원망과 분노가 아니었다. 자신을 거부한 시대와 사람들에
게 그가 내민 건 투쟁과 방어의 창과 방패가 아니었다. 펄펄 살
아 뛰는 이십 대의 자신은 외면해 놓고 쉰이 넘은 이제야 다시

사랑이라는 슬로건을 안타깝게 펼치는 사람들 앞에서 그는 떨었다. 감동으로! 울었다. 고맙다고!

"여러분의 사랑이 제 상상보다 훨씬 깊고 높아요."

하마터면 나도 울 뻔했다.

"이 고마운 마음이 변하지 않았으면 좋겠어요."

하마터면 무릎을 꿇을 뻔했다.

"지금, 저를 불러준 여러분의 사랑이 저의 과거를 지워버리는 게 아니고, 과거의 순간순간에 가치를 매겨 주셨어요."

하마터면 방송국으로 전화해 그의 연락처를 조를 뻔했다. 세상에! 자신을 몰라준 것도 부족해 불필요한 짐 치우듯 내몬 사람들을 원망하기는커녕, 지금 불러준 것으로도 지난 삼십 년에 가치가 매겨졌다니!

자신을 좋아하면 왕따가 되고, 곡을 주는 사람이 없어 서툴게 자신이 직접 쓴 가사로 노래했지만, 결국은 이 나라 이 국민들이 삼십 년 형기를 만들어 내몬 우리의 가수.

사회자가 물었다.
"사주지도 않을 음반은 내서 뭐하냐며 한국을 떠나라던 사람들에게 많이 서운했을 것 같아요."

어느 때보다도 깊고 조용한 눈빛으로 자신의 손을 한참 들여다보던 그가 대답했다.
"안 사줘도, 안 들어줘도, 내가 내 음반 내고 망할 수 있는 권리, 나에게 있지 않나? 그렇게 생각했어요."

망할 수 있는 권리라니! 당신들이 그렇게 해서 내가 망한 게 아니라, 망하는 것도 내가 갖고 있는 권리 중의 하나라고 말할 수 있다니!
나는 결국 소파에서 벌떡 일어나 두 발을 있는 힘껏 굴리며 박수를 쳤다. 손바닥과 손바닥 사이로 생전 경험해보지 못한 통쾌한 열기가 퍼졌다. 시원했다. 그의 깨끗한 자존감이 더도 덜도 아닌 그대로 읽혔다. 세상 전부를 타자로 몰지 않고도 저리도 꼿꼿하고 당찰 수 있구나. 어떤 경우에도 자신을 방기하지 않고 꼿꼿하고 당차게 자신의 주인일 수 있는 그에게 경외감마저 느껴졌다.

나는 어떻게 불쑥, 떠오르는 사람이 될까

온 세상을 타자로 몰며 그 안에서 헐거웠던 내 시간이 생면부지의 어떤 사람으로 인해 팽팽하게 조여지는 것 같았다. 그뿐이 아니었다. 최근에 책을 출간한 뒤 판매 부수와 평판에 어쩔 수 없이 날을 세워왔던 지난한 내 시간이 일시에 날아갔다. 아! 머리에 탄산수가 한 트럭쯤 부어지는 것 같았다.

나는 슈가맨 양준일이 있는 세상을 노크하기 시작했다. 내가 세상으로부터 소환당하고 있었다. 누군가는 십사 년 만이라고 했고, 누군가는 사 년 만이라고 했고, 처음 보는 누군가는 육십 년 만이라고도 했다.

나는 나를 열어 진짜 내 목소리로 하나하나 불렀다. 뼈마디 사이사이 핏줄 사이사이 쑤셔 박아 놓았던 그때그때의 내가 제 나이를 찾아 줄을 서고 있었다.

세상이 굉장히 멋있어졌다.

아들의 책상

볼수록 흐뭇하다. 바라만 보아도 글 쓰고 싶은 의욕이 물드는 가을나무처럼 머리와 온몸을 젖게 한다. 집안 내부를 향하는 게 아니라 창 앞에 와 있는 바깥과 세상을 바라보며 앉아 있는 지금, 내가 했지만 이렇게 스스로가 장하고 대견할 수가 없다.

거의 하루 온종일을 초인적인 힘으로 이뤄낸 역사다. 살아오는 동안 내가 끌거나 밀고 들어 올렸던 어떤 것도 비교 대상이 되지 않을 만큼 크고 무겁고 단단했다. 용기와 의욕만으론 애초에 불가능한 일이었다. 그런데도 했다. 내가 낼 수 있는 온갖 공간과 각도, 무게와 거기에 대응할 내 힘을 대입했다. 그냥 보아도 내 키보다 길고, 짐작이지만 내 몸무게 두 배는 넘을 법한 상판은 그렇게 들어 내려졌고, 밀렸고, 다시 들어 올려졌다. 바닥에 이불을 깔아 밀고 나오는 동안은 몇 번이나 삐끗하여, 휘청거리는 바람에 압사할 뻔한 위기도 수차례 맞았다. 노동의 땀이 아니라 긴장과 두려움의 땀을 원도 없이 쏟아낸 하루였다.

　　　　　　　　나는 어떻게 불쑥, 떠오르는 사람이 될까

그리고 드디어 해냈다. 거실 통유리 창 앞에 떡하니 자리 잡은 아들의 책상! 아들이 대학에 입학하던 해 큰마음 먹고 크고 탄탄한 원목으로 바꿔준 책상이다. 아들은 작년 결혼해 집을 떠날 때까지 12년을 그 책상에서 많은 걸 이뤄냈다.

한여름 녹음보다 짙은 가을 고요가 아들의 책상 앞에 앉아 있는 내 숨길을 통하여 한꺼번에 들어선다. 서재 방에 있는 책상에서는 상상도 못할 신세계다. 삼십 년 글을 쓰는 작가로 살며 이리저리 모인 책들이 너무 많았다. 그래서 우리집 서재는 당연히 천장까지 높은 책장이 양쪽 벽을 꽉 메우며 견고한 담이 되어 서 있었다. 책상 위 스탠드는 거의 하루 종일 켜져 있고 내가 하루 중 대부분을 앉아 있었던 책상과 의자는 애인처럼 편안했었다. 그렇게 나는 서재에서 '나를' '살아왔다!'

그런데 오늘 나는 거실로 나와 있다. 통유리를 통해 온 세상의 마중을 받고 말이다. 선한 미소를 닮은 가을 햇살이 청량하게 달군 아파트 주차장이 한눈에 보인다. 반려견을 데리고 산책 중인 할아버지의 느린 걸음을 따라가며 어느새 평화를 줍고 있는 내 눈길.

아들이 결혼 후 신혼여행을 떠난 동안 분당 신혼집으로 아들의 살림을 실어 나른 후 지금까지 나는 아들이 그리울 때마다 아들 방에서 오래 머물곤 했다. 아들 침대에 누워도 보고 아들 책상에 앉아 남기고 간 책이며 문구들을 만지작거리기도 했다.

그러다가 생각해냈다.

아들의 책상을 거실로 옮겨 이제 거기서 글을 쓰자! 서재는 헐벗은 마음이 들 때 틀어박혀 내가, 나를, 안아주고 다독여 줄 비밀 공간으로 그대로 두고, 이제는 나를 세우고, 지지하며, 내가, 나를, 응원하고, 나에게 환호하자.

벽 안에 고여 있는 공기를 마시며 고여 있는 마음으로 벽을 바라보고 쓰는 글이 아니라, 하늘과 바람결이 보이는 거실 창 앞에서 열려 있는 공기를 마시며 열려 있는 글을 쓰자!

엄마 글의 최애 독자이며, 가장 신랄한 비평가이자, 지구가 사라져도 엄마의 넘버원 응원군인 아들. 아들이 수년 동안 주문했던 것도 엄마의 웃음과 엄마의 기쁨, 엄마 글의 비상, 아니던가!

날이 저문다. 아들의 스탠드를 밝힌 아들의 책상에서 노트북을 켜놓고 마시는 커피가 어느 성지에서 마신 물맛처럼 싱싱하게 몸 안을 돈다.

나는 어떻게 불쑥, 떠오르는 사람이 될까

아들의 응원이 환하게 켜진 노트북 화면과 함께 들려온다. 나는 자판을 두드리기 시작했다.

당신의 버킷 리스트는 무엇인가요?

누군가가 꿈을 묻는다. 버킷 리스트를 묻고, 끝까지 움켜쥐고 싶은 걸 말하라 한다.

아직 이루지 못한 무엇이라는 의미가 내포되어 있는 말이다. 사실은 이룰 확률이 거의 없는 그 무엇을 말하라는 것과 다르지 않다.

이루었으면, 이룰 수 있다면 더 이상 '꿈'이 아니다. 지금 할 수 있다면 굳이 '버킷 리스트'라는 이름으로 메모하지 않는다. 언제든지 잡을 수 있는 거라면 움켜쥐고 싶다는 욕망으로 애끓을 필요가 없다.

백인 백 색깔의 답이 나온다. 누군가는 못 가본 유럽여행을 말하고, 누군가는 저 푸른 초원 위에 그림 같은 집을 짓고를 말하고, 누군가는 로또에 되어 다음날 저승길에 들어선 대도 하루만의 황녀라도 되고 싶다며 웃는다.

나는 어떻게 불쑥, 떠오르는 사람이 될까

또 누군가는 드라마처럼 아름다운 다리에서 첫사랑과의 재회를 꿈꾸고, 누군가는 온 가족이 한 사람도 빠짐없이 지켜주는 가운데 눈을 감고 싶다며 웃음보다 진한 눈물을 흘린다.

지금도 줄기차게 달려가는 필생의 목표가 있냐고 어느 이가 묻는다. 아직도 도달 못 해 아득한 무엇이 있냐고 덧붙인다.

누군가가 대답한다. 살아내는 것이 필생의 목표라고, 살아냈다는 것이 도달해야 될 목적지라고. 흘러가는 시간에 뒤처지지도 앞서가지도 않고 살아가고 싶다고, 시간의 속도에 비례하는 심박수로 매일 보는 거울 앞에서 웃을 수만 있다면, 그것이 꿈이고 버킷 리스트라고.

저녁 산책을 나갔다가 하늘을 봤다. 이미 저문 하늘이 조용하다. 꿈, 버킷 리스트⋯⋯ 나는 대답한다. 태어난 것 자체가 꿈을 이룬 것이고, 내일도 살아가는 것이 버킷 리스트라고!

삶은, 그렇게 아름답다.

오월이 환하다.
이 고운 세상에 우리가 살고 있다.

누군가에게 잊을 수 없는 사람이 된다는 것

맨 처음 감정은 부끄러웠다.

두 번째 감정은 당혹스러웠다.

그리고, 내내 이어지고 있는 감정, 고맙고 벅차다.

첫 시집과 함께 보내온 짧은 글을 보고 나서였다.

"저에게는 잊지 못할 스승이십니다!"

몇 년 전, 이 년 동안 모 백화점 문화센터 강남점에서 시창작을 강의했었다. 대표 매니저로부터 강의 의뢰를 받고 처음엔 망설였다. 수강생들 대부분이 나보다 연세가 많다는 건 아무 문제도 아니었다. 정년퇴임한 고위직 공무원 출신, 교사 출신, 수필가와 사진작가 등 예술에 문외한이 아니라는 것도 괜찮았다. 오히려 좋았다.

나는 어떻게 불쑥, 떠오르는 사람이 될까

"여긴 강남점이라 저흰 더 심사숙고해서 강사를 모시고 있어요. 다른 점에 비해 수강생들의 컴플레인도 많고요. 아무래도 고학력에 부유층이 많다보니 그렇겠지요."

시창작 교실에 '강남점'이라는 게 무슨 의미가 있으며, 강남점이기 때문에 왜, 강사를 초빙하는데 더 심사숙고를 한다는 건지, 고학력에 부유층이면 교단의 절대성은 지켜지지 않아도 된다는 건지, 그것이 내 심사를 거슬렀던 것 같다.

첫 강의!
아마 완전무장을 하고 나갔던 것 같다.

그러나 그건 필요 없는 정보를 너무 많이 들은 내 오판이었음을, 나는 첫 강의를 마친 즉시 깨닫지 않을 수 없었다.
어른들이 보여주시는 예의와 공손함, 시에 대한 그리고 시를 가르치는 강사에 대한 신선하고도 뜨거운 열정, 망설였던 시간이 아깝고 정보를 내 멋대로 해석해 날을 세웠던 나 자신이 부끄러웠다.

그렇게 우린 이 년 동안 참 열심히 시를 읽고, 썼으며, 수강생들의 시는 몰라보게 좋아졌다.

이 년 동안 맡아온 강의를 내 개인사정 때문에 후배 시인에게 넘겨주고 마치던 날, 그래서 아쉬움은 없었다. 멀지 않은 시간에 시인협회나 시 낭송회장에서 만나게 될 몇몇의 수강생들이 눈에 보이는 걸로도 보람은 충분했다.

그런데 오늘, 그중의 한 분이 등단 소식과 함께 상재한 첫 시집을 받은 것이다. 부끄럽고도 벅찬 고백과 함께!

그때 시창작 교실의 온돌 같았던 분, 따뜻하며 눈빛이 선했던 분, 강의를 그만두겠다는 내게 수차례나 전화로 말리며 '우리는 어떡하라고요. 선생님.' 하며 나를 울컥울컥 눈물짓게 했던 분.

세 번째 그분의 시집을 정독하며 그때의 시간으로 한없이 걸어 들어가고 있는데, 톡이 울린다.

"5월 30일에 제가 시집을 출간한 의미로 선생님께 함께 강의를 들었던 동료들과 식사를 하기로 했어요. 모두들 선생님의 빈자리를 그리워했던 분들입니다. 선생님, 꼭 나와 주세요."

이런 사랑을 받아도 되나……

나는 벌떡 일어나 달력에 붉은 볼펜으로 동그라미를 쳤다. 30일이 햇덩이처럼 뜨겁게 떠오르고 있다.

나는 어떻게 불쑥, 떠오르는 사람이 될까

북쪽
길

— 〈중략〉 —

억지로,
안간 힘으로 버티다 헛웃음 터진 날
이제 그만,
찰나 같은 추락 감행하자고
오관에 미친바람 강풍으로 틀어
발끝에 벼랑을 만든 날
저절로 떨어지는 낙엽 앞에
내 쓸쓸한 용기는 스냅 사진으로 멈춘다

흔들어서 떨어지는 잎이었다면
어찌 낙엽이라는 완성된 단어로 부를 수 있으며
흔든다고 떨어지는 생이라면
누가 일생이라는 수고의 역사로 불러줄 것인가

저절로 저물고
아름답게 소멸되어
처절한 과거의 비망록에 등재될 것!

낙엽이 아름다운 건
저절로 떨어지기 때문이다

— 서석화 詩〈소멸을 본다〉중에서

가장 빛나는 별은 아직 뜨지 않았어요

무심코 들은 말에 온몸이 부드러운 잔디밭처럼 평온해진다. 기를 쓰고 세웠던 가시가 빠지고, 숨이 내쉬어지지 않아 부풀대로 부풀었던 심장도 말랑말랑 제 온도를 찾는다.

평생을 조연으로만 연기해 온 어느 배우의 말이었다. 더욱이 지난 삼 년은 어느 방송에서도 불러주지 않아 등산과 산책으로 소일해 온 천 일이었다고 했다.

"그런데 절망스럽지는 않았어요. 가장 넓은 길은 아직 나타나지 않았다. 가장 빛나는 별은 아직 뜨지 않았다. 가장 높은 산은 아직 올라보지 못했다. 가장 예쁜 꽃은 아직 피지 않았다. 주문처럼 외우고 다녔더니, 걸음걸음이 희망이더라고요."

나이가 들면, 든 만큼 지혜와 경험이 더 뚜렷한 무언가로, 확실한 답을 줄 거라고 믿어 왔다. 그런데 나의 경우는 아니었다. 지혜와 경험은 운신의 폭을 넓혀주는 게 아니었다. 오히려 두렵고 더 막막했다. 경험하고 안다는 것이 얼마나 사람은 좁고 얕고 사소하게 하는지, 그래서 나는 내가 겪고 그래서 알아지는 것을 증오했다.

그런데 오늘 육십이 훨씬 넘은 그 배우의 말을 들었다. '아직' 이라니! 아직 가장 넓은 길은 나타나지 않았고, 아직 가장 빛나는 별은 뜨지 않았고, 아직 가장 높은 산은 올라보지 못했고, 아직 가장 예쁜 꽃은 피지 않았다니! 그래서 걸음걸음이 희망이라니!

아직! 이 짧은 음절의 부사가 몰고 온 건 '희망'이었다. '기대' 였다. 살아야 할 '이유'였고, 살아야 되는 '당위성'이었다.

생이 끝나지 않는 한 우리에겐 '아직'이 있다. 백수 노인이라 해도 그가 숨 쉬는 한, 그는 아직 못 본, 못 느껴본, 못 가져본, 희망과 기대와 이유와 그가 존재하는 당위성이 있다.

우리는 흔히 자신이 경험하고 아는 것만 가지고 온 세상을 다 본 것처럼, 사람살이를 다 아는 것처럼, 살아간다. 서른 살이면 삼십 년 동안, 마흔 살이면 사십 년 동안, 경험하고 안 것을 전부 라고 생각한다.

그것이 많아질수록 반대편 저울에 있는 꿈이나 소망의 무게를 자꾸 줄인다. 대신 거기에 두려움과 막막함이란 살을 붙여 마침 표만 자꾸 크게 그린다.

나는 어떻게 불쑥, 떠오르는 사람이 될까

내가 그랬다. 그런데 오늘 선물처럼 '아직'이 왔다.

아직!
아직 열두 시간이나 남아 있는 오늘은 2019년 5월 28일이다!
아직 일몰은 오지 않았고, 아직 나는 세상에서 가장 붉은 노을을
보지 못했다.

왜 걱정이 없냐고 물었더니……

KO패였다. 솜털만큼의 반론도 제기할 수 없는 완전무결한 패배였다. 졌다! 그런데 기분 좋다!

평생 다 쓰지도 못할 거액의 상금을 받은 것만큼 온 세상이 반짝인다. 백만 명의 호위무사가 천 겹의 띠를 두르고 지켜주는 것만큼 안전한 곳에 착륙한 것 같다. 그랬다. 폭우도, 번개도, 산발한 여자의 엉킨 머리 같은 눈보라도 없는, 내 머릿속 어떤 나라가 나타났다.

긴장되고 꼬였던 몸 안의 핏줄이 따뜻하고 말랑말랑하게 죽늘어난다.

"한 달씩만 살아요. 원래는 하루씩만 살았어요. 그러다 직장을 잡았어요. 이제 월급을 받잖아요. 왜 대다수 직장에서 월급으로 임금을 줄까요? 그건 한 달씩 살라는 거예요. 일 년 후, 십 년 후를 지금부터 살기에는 너무 멀잖아요. 미래는 신의 영역이니까

나는 어떻게 불쑥, 떠오르는 사람이 될까

미리 알고 싶지도 않고요. 그래서 저는 한 달씩 살아가요. 한 달 한 달 꾸역꾸역 살았더니 불안했던 일 년 후도, 십 년 후도 어느새 지나간 과거가 돼 있더라고요. 그러니 걱정, 없어요. 선배는 멀리 생각하니까, 신의 영역을 넘보니까 불안하고 무서운 거예요."

남편도 없고, 집도 없고, 든든한 재력의 친정도 없는 후배의 명쾌한 대답이다. 가진 건 많은 금액은 아니지만 월급이 나오는 소박한 직장, 그리고 남쪽 바람 같은 다정한 친구 몇몇. 나이는 들어가는데 미래가 막막하고 불안하지 않냐는 내 물음에, 그녀는 전혀 막막하지 않은 얼굴로, 불안이란 단어도 모르는 눈빛으로 대답했다.

명쾌한데다 빼어난 지혜로움까지 느껴지는 후배를 아마 나는, 그때 경이로운 눈빛으로 바라봤던 것 같다. 그래서일 것이다. 마음속에서 그녀의 말에 호응하고 힘을 실어줄 다음 말들이 두런거리며 만들어지고 있었다.

그래. 그걸 몰랐구나. 생각조차 못했구나. 미래는 우리가 모르는 저 멀리 아득한 무엇이 아니라, 매 시간 다가와 어제로 흘러가는 '지금'의 발자취라는 걸!

어느 지점에 고정된 채 우리를 기다리고 있는 낯선 시간이 아니라, 지금도 다가와 우리와 살고 있고 그렇게 흘러가는 게 '미래'라는 걸!

모르는 시간, 모르는 지점을 '미래'라는 허구에 매어놓고 불안해했는데, 이미 우리는 미래에 대해 살아온 날수만큼 경험이 쌓였다는 걸!

별 거 아니었구나. 막막할 것도, 불안할 것도 없구나. 오고 간 게 미래였고, 그렇게 우리는 이미 수많은 미래를 살아냈으니 말이다. 오늘, 지금 이 시간이야말로 미래의 출발점이자 도착지구나!
한 달씩 산다는 후배에게 깔끔하게 패배하고 장렬하게 백기를 던진 어느 날이었다. 돌아보는 사방에 햇빛이 쨍했다.

살고 있고, 살 수 있고, 살아낼 미래가 '지금'이라는 팻말을 들고, 내 안으로 입장하고 있었다.

타임머신도 과거로는 데려다 줄 수 없다고?

막연하지만 믿고 있었나보다. 숫자와 공식과 부호는 진저리칠 정도로 싫어하지만, 그것들이 이뤘고, 이루고 있는 업적 앞에 놓일 때마다 공감과, 사랑과, 찬사를, 받혀왔다. 믿고 있었고, 기대했고, 그래서 든든했기 때문이다.

그런데 깨어졌다. 지고하게 품어왔던, 필생의 소원이 절대 이루어질 수 없다고 한다.

"과거로는 돌아갈 수 없어요. 절대! 미래로는 어쩌면 갈 수도 있겠죠. 하지만, 가면 못 돌아오죠. 지금 이곳에서의 나의 1분과 미래로 간 나의 1분은 다르니까요. 결국, 타임머신은…… 글쎄요. 타임머신? 돌아갈 수 없는 것과 가면 돌아오지 못하는 그거? 뭘까요?"

국내 최고 과학의 산실 카이스트 박사라는 남자가 한 말이다.

그는 너무도 담담한 얼굴로, 과학도로서의 욕구나 의지가 전혀 보이지 않는 얼굴로, 아니 사람이 죽는다는 것 앞에선 누구 하나 대들거나 거역하지 않듯이, 타임머신이라는 것에 대들지도 의심을 품지도 않았다.

"그러니, 타임머신은 없다? 이 말씀인가요?"

누군가가 물었다. 그의 표정은 내 표정과 닮아 있었다. 박사는 그저 조금 웃었을 뿐이다.

전 재산을 타임머신 개발에 투자한 것도 아니고, 과학 발전에 대해선 고백하건데 단 한 번도 진심으로 기도한 적도 없지만, 이 배신감과 허무함은 무엇인가.

아마 커피를 세 잔쯤 마셨나보다. 집안을 뱅뱅 돌며 원고도 쓰다가, 설거지도 하다가, 청소기도 돌리다가…… 하루 종일 내가 살았던 집안을 무심코 돌아본 순간이었다.

'이 집이 내가 타고 있는 타임머신 아닐까? 이 시간이 언젠가는 내가 돌아가고 싶은 과거이고, 또 올 내일이 가보고 싶은 미래가 아닐까?'

유레카!

나는 박수를 쳤다.

기억과 꿈이 있다면 타임머신은 곧 내가 될 수 있다! 기억은 얼마든지 그때로 나를 돌아가게 해 주고, 희망은 품었다가도 다시 원위치로 내려놓을 수 있으니, 미래로 가면 돌아올 수 없는 기계보다 얼마나 더 정교한가! 얼마나 더 우월한가 말이다!

오늘밤엔 삼십오 년 전 과거로 나를 띄워볼 참이다. 타임머신은 과거로 갈 수 없지만, 나와 이 집은 기억이라는 화로를 돌려 안전하게 그곳에 안착할 것이다.

'마음에 안 드는 것'과 '실망'의 차이

왜 그렇게 마음이 아픈가 했다. 이상한 일이었다. 화가 나도 불같은 화가 나야 마땅했는데 말이다. 화를 낼 힘도, 독설을 퍼부을 힘도 일시에 사라지고 그냥, 마음이 아팠다. 아픔은 슬픔을 몰고 왔다. 정말 이상한 일이었다. 그녀가 불쌍해지기 시작했다. 말도 안 되는 일이었다.

'마음에 안 들 때'는 많았다. 나는 그때는 화도 내고, 충고도 하며, 내 생각을 드러냈다. 뭐 저런 사람이 다 있나 하고 다시는 안 볼 것처럼 했다가도 그 순간이 지나면 그전의 마음은 금방 잊혀졌다. 마음에 안 드는 것은 '그 당시의 내 마음'에 안 드는 가벼운 기침 같은 것이었기 때문이었다.

그런데, 지금은 그녀가 불쌍하다. 그녀를 생각하면 마음이 아프고 슬프다. 어떤 충고도 질책도 할 수가 없고 그냥 눈물만 나온다. 어쩌다, 무엇이, 그녀를 저렇게 만들었을까? 기도가 반복

나는 어떻게 불쑥, 떠오르는 사람이 될까

되고 시간도 길어진다. 그러면서도 한참 동안은 그녀를 보고 싶지가 않다.

말문이 막힌다. 그녀를 떠올리는 것도 힘들어진다. 마음에 안드는 것 때문에 화가 났을 때는 못 느꼈던 신체 반응 앞에 당황스럽다. 화도 나지 않고 마음만 모질게 아픈 이것이 나를 슬프게 한다. 이것이 그녀에 대한 '실망'이었다는 건 한참 후에야 알아졌다.

요즘 계속 생각한다. '마음에 안 드는 것'과 '실망했다'는 것의 그 엄청난 간극에 대해!

'마음에 안 드는 것'은 말 그대로 '내 마음'과 '내 취향', '내 성격'에 거슬린다는 것이다. 호불호에 따라 내가 아닌 다른 이들에게는 거슬리는 일이 아닐 수도 있다는 뜻이다. 다시 말하면 주관적이고 개인적인 감정이다. 내 마음에 안 드는 것이지 모두의 마음에 안 드는 것은 아니기 때문에, 나를 살펴보고 재정비할 필요가 있는 주의를 요하는 감정이기도 하다. 내 개인의 감정이기 때문에 그 사람의 평판에는 크게 영향을 끼치지 못한다.

그런데 '실망했다'는 것은 다르다. 객관적이고 보편적이다. 나뿐만 아니라 사람이면 누구나 저절로 체득되어 있는 상식이 다

치고 참이 다친 것이다. 나만 느끼는 내 개인의 감정인 '마음에 안 드는 것'과는 무게를 달리 한다는 말이다. 어떤 사람의 어떤 언행에 모두가 고개를 돌리고 마음을 닫는다면 그것은 그가 내보인 모습에 '실망'했기 때문이다. 당연히 그 사람의 평판과 무관할 수가 없다.

그래서 나는 요즘 '실망'이란 단어가 제일 무섭다.

살면서 행하는 모든 언행이 어찌 모두의 마음에 들 수만 있겠는가. 상대의 마음에 안 들어 감정을 상하게 하는 일은 나 역시 많고 많았을 것이다. 그러나 내 존재 자체에 의구심과 불신을 느끼게 하는 '실망'을 준 일은 없었을까를 짚어보는 마음이 무겁고도 무섭다.

'짐승은 죽어 가죽을 남기고, 사람은 죽어 이름을 남긴다.'고 했다. 그 사람의 이름은 곧 그 사람에 대한 평판이다.

日新又日新! 실망을 준 사람이 되지 않기 위해 오늘도 자신을 가다듬어야 할 일이다!

나는 어떻게 불쑥, 떠오르는 사람이 될까

'벌써'를 자꾸 쓰는 나이가 됐습니다

누군가 새해라고 했다. 누군가는 2020년이라고 하고 누군가는 설도 지났다고 했다. 그러자 가장 말없이 있던 누군가가 벌써 2월이라고 했다. 2월이라는 단어의 출격에 새해와, 2020년과, 설이, 부유하는 먼지처럼 잘게 부서져 흩어졌다. 아니다. 2월이라는 현재 시간 때문만은 아니었다.

그것을 더욱 부각하고 명징하게 하는 앞선 단어 '벌써' 때문이었다.

그냥 2월이라고 했으면 누군가는 며칠이라고 했을 거고 누군가는 요일과 시간까지 또 나열했을 것이다. 그렇게 우리는 현재와 '서서히' 대면했을 것이다. 그러나 2월보다 훨씬 강한 악센트가 주어지던 '벌써'의 출현으로 2월은 '갑자기' 들이닥쳤다.

벌써 2월! 두 음절의 짧은 부사 '벌써'가 붙자 2월은 원치 않는 현재가 되었다. 느닷없는 맞닥뜨림이 되었다.

누군가는 인상을 조금 찌푸렸고 누군가에게선 짙은 한숨이 얼굴 가득 퍼졌으며 누군가는 진저리치듯이 양어깨를 떨다가 고개까지 흔들었다. 자신이 기대하고 예상했던 속도, 자신의 의지에 따라 그 속도에 편입될 수도 피할 수도 있었던 경험치를 뛰어넘어 훅! 들어온 민낯의 시간은 그래서 불편했다.

뒤따르는 모든 것에 속도를 붙이는 단어, 당연히 속도만큼 감정을 증폭시키는 단어.

이미 오래전에, 예상보다 빠르게, 어느새, 라는 국어사전 뜻풀이를 굳이 보지 않아도 맞닥뜨린 현재에 순간 기립을 하게 하는 단어. 모른다고, 알고 싶지 않다고, 묻어왔던 시간 흐름을 일시에 확 펼쳐 보여주는 단어. 그래서 각자의 의지와 상관없이 현재의 시간과 갑자기 조우하게 하는 단어.

'벌써 2월'이라는 누군가의 말에 화들짝 놀라 닥치는 대로 바깥 풍경을 찾아 부산하게 시선이 흔들렸던 그때, 제 속도보다 두 배는 빨리 뛰어 열이 나는 심장과는 반대로 이마 아래 나를 구성하고 있는 모든 기관은 체온이 급하강되고 있었다.

나는 어떻게 불쑥, 떠오르는 사람이 될까

나는 여기 있는데 많은 게 나를 지나쳐 갔다는 자각은 그래서 왔다.

사랑도 사람도 시절도 나를 세상에 데려온 내 어머니까지도 벌써…… 말이다. '벌써'라고 수식될 수 있는 게 많아진 나이에 어느새 나는 당도해 있었다.

누군가가 말한다.

"이상하지? 자꾸 말에 '벌써'를 붙여. 벌써 토요일이네, 벌써 저녁이네, 벌써…… 벌써…… 생각해보면 살면서 별로 써 온 말도 아닌데 이상하게 이제는 어떤 말을 하려면 '벌써'가 턱 하니 먼저 가 붙는단 말이야. 그러면 그게 기가 막힌 게, 그다음 말을 이을라치면 세상이 극적으로 변한다는 거야. 햇빛 쨍쨍한 대낮도 일시에 왈칵 검어지고, 밥 뜸 드는 냄새도 갓 만들어진 무덤 흙냄새로 맡아진단 말이야. 미루는 걸 좋아하고 느슨한 성격이라 늘 아직, 아직 했는데 이상하지? 언젠가부터 그걸 쓰지 않더라고. 아직, 아직 그럴 때는 놀랄 일도 없었는데 벌써, 벌써 하니까 매 순간이 놀랄 일이야. 아직 2월이라고 했으면 느긋했을 텐데 벌써 2월, 하는 순간 2월이 엄청 큰 사건처럼 느껴지는 거야."

누군가 대답한다.

"우리가 벌써 '벌써'를 자꾸 쓰는 나이가 돼서 그래요. 애매하지 않고 중요 표시 별표 다섯 개 같은 나이! 아직, 아직 하며 미루고 핑계 댔을 때보다 막연하지 않아서 좋지 않아요?"

그녀가 말한 '아직'이란 단어가 기를 쓰고 살았던 지난 4년간의 시간을 들춘다. 16년을 병석에 계셨던 어머니가 세상을 떠난 건 2016년 8월이었다. 그때부터 2020년 2월인 지금까지 4년째 나는 내 인생 속도에서 가장 느린 시간을 살아왔다. 도무지 줄어들지도 흘러가지도 않는 것 같은 시간을 살아오는 동안 나는 모든 것에 '아직'이란 말을 달고 살았다.
어머니가 세상에 없다는 사실이 '아직' 인정되지 않았고, 당연히 '아직' 괜찮지 않으며, 하루도 그립지 않은 날이 '아직' 없기 때문이다. 혈육과의 사별은 그렇게 모질고 혹독했다. 세월도 그 앞에선 가지 않았다.

그런데 오늘 누군가가 던진 '벌써'라는 단어에 나는 아직, 아직 하며 붙잡고 있었던 어떤 시간을 통째로 만났다.
부인과 거부의 용도로 써왔던 '아직'이 오고 있는 시간의 걸음이었다는 건 그래서 알게 됐다. '아직'이 쌓이면 '벌써'로 지나간다는 것도 덤으로 깨달았다.

'아직'은 어떤 여지의 속성을 갖고 있다. 즉 도착하지 않은 미

　　　　　　　나는 어떻게 불쑥, 떠오르는 사람이 될까

래를 내포하고 있다는 뜻이다. 하지만 '벌써'는 그것을 쓰는 순간 철저한 현재, 나아가 과거를 거느린다. 어머니 세상 떠나신 지 벌써 4년째, 세상 속에서의 어머니의 부재는 내가 아무리 '아직'이라고 고집 부려도 '벌써'라는 단어로 확실해졌다. '아직' 내가 못 보내고 있다는 내 애통함은 '벌써' 가신 지 4년째라는 사실 앞에서 우김과 억지처럼 초라해졌다.

그만큼 '벌써'는 뒤따르는 모든 상황을 기정사실로 만들어버리는 위력을 분출했다.

핸드폰이 요란하다. 새삼스럽게 올해 내 나이를 묻는 스승의 문자가 들어왔다. '아직'이라고 하고 싶은데 '벌써'를 끌어당겨야 어울릴 것 같은 기이한 숫자가, 보내지도 못한 창에서 깜박이다 꺼진다.

당신의 첫 집

무심코 읽었는데, 진짜 그냥 아무 생각 없이, 그냥 눈에 걸려서, 그게 책장 그 위치에 있어서, 그냥 빼서 펼쳐본 것뿐인데, 하필 그 시집, 그 장이었다. 그리고 그 제목! 순간 시곗바늘이 거꾸로 돌더니 이젠 볼 수 없는 많은 얼굴들을 눈앞에 데려다 놓았다. 정말, 거짓말처럼, 난데없는 소나기를 맞듯 온몸이 후들거렸다. 갑작스러운 그리움이 찾아왔다!

작년에 받은 A시인의 시집이었다. 큰 숨 두어 번만 쉬면 팔순 담벼락을 넘을 연세에도 온몸이 시가 들어오는 문인 분. 그래서 했던 말이었다. 나중에 선생님은 돌아가시면 무덤에 풀 대신 시가 돋아날 것 같다고, 그러면서 우리 몇몇은 서로 바라보는 눈이 갑자기 붉어지곤 했다. 우리가 웃으며 뱉은 '무덤'이란 단어 때문이었다.

무덤! 시간이 닫힌 공간. 한 사람의 사랑과 추억과 그가 보고

나는 어떻게 불쑥, 떠오르는 사람이 될까

느끼며 살아왔던 한 세상이 닫힌 공간. 살아 있는 사람이 마주하는 공간 중에 가장 기막히고 가장 어처구니없는 공간. 처음엔 그리고 젊을 땐 그 안에 있는 사람을 그리며 울다가, 나중엔 그리고 나이 들어가면서는 그 앞에 있는 내가 서러워서, 그러다 어느 날은 내가 그 집주인 같아서 울게 되는 공간.

분명히 유쾌하게 시작된 대화였고, 그 유쾌함의 절정을 이끈 말이었다. 그러나 A시인과의 인연이 깊어진 만큼이나 각자가 지나온 시간도 그 세월만큼 깊어져 있었다. 우리는 어느새 우리가 A시인을 처음 만났을 때 그의 나이보다 훨씬 더 들어 있었다. 무덤을 말하며 서로 눈시울이 붉어졌던 건 나의 시간과 너의 시간을 넘어 우리의 시간에 대한 공감이요 동조였다. 나를 보며 너를 봤고 우리를 봤다. 동시대를 지나가고 있는 비슷한 무리는 그렇게 애틋했다.

어느 쪽을 펼쳐도 마음의 중심 가지를 척추 가장 가까이에 두게 하는 곧은 시편들이 이어졌다. 최근 삼사 년 사이 세상을 떠난 시인들의 이름도 보였다. 자신보다 먼저 떠난 친구요 동기를 그리는 A시인의 목소리는 잘 말린 드라이플라워처럼 담담했다. 담담해서 그 두께는 두꺼웠고 깊이는 끝이 보이지 않았다. 그리움은 나이가 들수록 두껍고 깊어진다는 걸 나는 또 그렇게 배웠다. A시인만큼 나이가 들지 않아서일까? 이젠 이곳에 없는 선배요 스승들을 남의 시집에서 글자로 만나자 모공 숫자마다 비눗물이 들어간 것처럼 온몸에서 따가운 숨이 새어 나왔다.

그러다 보았다. 39쪽, 어떤 집을 말하는 짧은 제목. 듣고 싶지 않은 소식처럼 불길하게 콱, 숨이 막혔다.

최근에 이사를 해서일까? 게다가 이사를 오면서 나이로 보나 변화를 싫어하는 성향으로 보나 어쩌면 '마지막 집'이 될 것 같다는 생각이 계속 들어서 일까?

제목만 봤을 뿐인데도 A시인의 그 집이 어떤 집을 말하는지 알 수 있었다. 갑자기 조명이 꺼진 위태로운 무대처럼 집도, 나도, 불안했다. 이사 온 후 내 일상을 지배했던 건 이전엔 못 느꼈던 이상한 괴력이었다. 뻔했던 게 특별한 것이 되더니 급기야는 일상이 최후처럼 매 시간 비장해졌다. 이 생에서의 내 시간이 끝날 '마지막 집'이라는 생각은 그렇게 오염되지 않은 진짜 나를 만나게 했다.

A시인의 시집을 잡고 있는 손에 자꾸 힘이 들어갔다. 제목을 본 후 나는 읽어 내려가기를 억지로 멈추고 있었다. 그러나 보였다. 3행에 ** 메모리얼 파크라는 불길한 글자. 메모리얼은 그 단

나는 어떻게 불쑥, 떠오르는 사람이 될까

어만으로도 심장이 떨렸다. 꼭 외우라는 다그침처럼 쾅 와 닿는 ** 지구 * 호라는 글자가 그 아래 이어졌다. 그리고 드디어, 눈은 부릅뜨면서도 가슴은 붙잡게 하는 다섯 숫자가 나타났다. 그것은 5행에 턱 하니 자리 잡고 묘역 번호라는 문패까지 매달고 있었다. 묘역 번호…… 세상 그늘이란 그늘은 다 모여들고 있는 것 같았다. 아팠다. 눈을 때리며 온몸을 걷어차는 것처럼 욱신욱신, 그렇게 아팠다.

시인이 알려준 주소가 자꾸 생각난다. 기억에 새겨지는 게 무서워 슬쩍 보고 지나쳤는데도 송곳으로 찔러 파놓은 것처럼 이미 머리에, 눈에, 가슴에, 새겨져 있다.

A시인은 그곳을 머잖아 이승을 떠나 당신이 닿을 집이라고 했다. 갑자기 눈에서 만 볼트의 전류가 흐르는 것 같다. 본 적도 없는 어떤 동네, 어떤 세상이 설핏 보이는 것도 같다. 떠나서 다시 닿을 집이라니! 여기를 떠나면 다시 당도할 어디가 있다니! 그렇다면 A시인의 그 집은 다시 가게 될 어떤 세상에서의 '첫 집'이 아닌가. 마지막 집이라는 지극히 개인적인 감정에 갇혀 미리 불러들였던 슬픔과 울음이 보기 좋게 떨어져나가는 것 같다.

다시 시인의 시를 읽는다. 자신의 이름을 부르며 '너, 잘 죽었다'로 끝낸 마지막 두 행에서 역시! 라는 탄성이 터진다. 한 생을 치열하게 완주한 사람만이 할 수 있는 말! 짧고 단단하며 깨끗한 이 두 행 때문에 A시인은 또 축축한 슬픔에서 자신은 쏙 빼낸다. 대신 읽는 사람을 울린다. 열 걸음만큼 따라왔다 싶으면 또 백 걸음 훌쩍 멀리 가 있는 그에게 느끼는 경외감은 당연한 순서다. 나는 역시, 아직 멀었다.

나는 어떻게 불쑥, 떠오르는 사람이 될까

두 개의 묵주반지와 빨간 성경책

그날 이후

예순 골짜기를 넘은 나이 든 딸은

살아가는지 살아지는지 알 수 없는

벌판 위 시간을

긴 초침이 되어 돌고 있다

세상의 말은 모두 자취를 감춰

눈 뜨고 눈 감을 때마다

태초의 말이었던 엄마만 부르지만

늘 허방을 딛는 차가운 내 두 귀

엄마…… 하고 부르면

그래, 내 딸…… 하며

내가 한 말보다 꼭 두 배는 긴 말로 대답하던 엄마

하루 종일 엄마…… 엄마…… 길게 부르며
천년동굴처럼 온몸을 말아
엄마의 대답을 품으려 해도
이제는 흐릿한 숨소리조차 들려주지 않는다

그날 이후
서른이 넘은 아들을 가지고도
초승달 같은 손자를 보고서도
딸의 이름으로는 아직도 핏덩이인 나는

열 손가락 열 발가락 마지막 젖힘으로 펴
온 세상 구석구석
만 개의 엄마를 만들어 세운다

그러나

새벽이고 한낮이고 한밤중 억지 잠 속조차
더 두꺼워지는 생면부지의 세상

엄마는 어디 있는가

나는 어떻게 불쑥, 떠오르는 사람이 될까

오늘

엄마를 찾아

아득한 그곳에 가는 날

꼭 한 발자국 앞 하늘에

국화 꽃잎 닮은 구름떼가 보인다

속도도 방향도 내 보폭을 따르는 한 떼의 바람도 분다

만 개의 엄마가 나를 맞는다

그날 이후

바람도 우리 엄마라 한다

구름도 우리 엄마라 한다

소나기도 가랑비도 우리 엄마라 한다

하나뿐인 우리 엄마를 잃고 나니

온천지가 나야나야 하며

딸을 부른다

엄마는

죽지 않았다

― 서석화 詩 〈엄마의 집〉 전문

지금 제 왼손엔 두 개의 묵주반지가 나란히 끼워져 있습니다. 하나는 6년 전 천국여행을 떠나신 어머니의 반지이고, 또 하나는 신구약 성경 완필로 성당에서 받은 반지입니다. 저는 이 반지 두 개를 어머니의 기도반지와 주님의 축복반지로 부릅니다. 손가락으로 돌려보면 두 개의 묵주반지 묵주 알이 동시에 돌아갑니다. 어머니의 기도와 주님의 축복이 제 머리 끝부터 발끝까지 따뜻하게 퍼지고 있습니다. 저는 그 느낌을 붙잡고 오늘도 어머니가 보이지 않는 긴 시간을 살아내고 있습니다.

두 개의 묵주반지를 낀 손으로 매일 어머니의 성경책을 한 장 한 장 읽어나갑니다. 어머니의 성경책은 어머니가 두고 가신 어머니의 체온이고 딸을 지키는 어머니의 방패입니다.

구약 창세기부터 신약 요한묵시록까지 빨강색 볼펜으로 줄을 그어가며 몇 차례나 읽어 온 어머니의 손길이 고스란히 느껴집니다. 페이지를 넘기다보면 어떤 대목에선 열 개가 넘는 별표가 그려진 곳도 있습니다.

언젠가 이건 무슨 표시냐고 어머니께 물었을 때 '그 말씀이 너무 좋아서 읽고 또 읽은 숫자 표시'라고 대답하시던 어머니. 어머니의 체온을 저는 어머니가 읽어 내려온 성경책에서, 어머니가 그으신 빨간 밑줄에서 오늘 또 느낍니다.

나는 어떻게 불쑥, 떠오르는 사람이 될까

어머니의 성경책을 넘기는 손에서 두 개의 묵주반지가 반짝입니다. 어머니를 볼 수는 없지만 어머니의 존재 전부가 빨간 밑줄의 말씀과 함께 저를 온전히 에워쌉니다. 그래서 두 개의 묵주반지를 낀 왼손을 오른손으로 가만가만 만져보는 시간이 자꾸 늘어납니다. '그리움'이란 모국어의 뜻을 이제야 알 것 같습니다.

십육 년을 병석에 계셨던 어머니…… 고백합니다. 십육 년…… 그동안 저는 그 시간을 제 자신에게만 부여해왔던 것 같습니다. 아픈 사람은 어머니인데 왜 저는 그 세월을 '저의 십육 년'으로 몽땅 끌어안고 있는 것 같았던지요.

고통받는 사람은 어머니인데 어째서 저는 어머니의 고통을 바라봐야 했던 제가 온몸이 성한 곳 없다고 항변하고 싶었던지요.

육십 대에 쓰러져 여든둘로 돌아가시기까지 어머니를 지나가는 시간은 생각도 못하고, 제 나이 마흔부터 사십 대를 거쳐 오십도 절반을 넘긴 제 세월을 묻어둔 가슴만 쳤던지요.

어머니…… 낮달 같던 제 어머니는 안으로는 전쟁 같았던 딸의 그 시간을 어떻게 견뎌냈을까…… 어머니의 마지막 밤, 어머니를 만지고 또 만지며 발악하듯 울음이 멈춰지지 않는 순간에 무릎을 꿇게 한 건 그래서였습니다.

어머니가 견뎌 온 시간! 그렇습니다. 지난 십육 년은 온전하게 어머니의 수고로운 시간이었습니다. 그 시간을 어머니께 돌려드리는 데 저는 십육 년이 걸린 못난 딸입니다.

오늘도 어머니의 성경책을 읽습니다. 어머니가 그리워서 두 개의 묵주반지에 입도 맞춰봅니다. 매일 하는 통화를 끝낼 때면 꼭 들려주시던 어머니의 말씀도 사력을 다해 그 목소리를 끌어올려 봅니다.

사랑해. 내 딸……

아아…… 고백합니다. 어머니가 제 축복의 통로였음을, 제겐 어머니가 삶을 지켜준 청지기였음을 말입니다.

아직 어머니가 계신가요?
아직 어머니를 만지고 목소리를 들을 수 있으신가요?
아직 어머니와 새 계절을 맞을 수 있고 지나가는 계절도 볼 수 있나요?

그런 당신들이 부럽고 샘납니다.

나는 어떻게 불쑥, 떠오르는 사람이 될까

스님의 마지막 법문

불덩이…… 불길…… 하늘과 땅이 들러붙고, 숨소리조차 녹아내려 내가 있는 건지 없어진 건지 도무지 알 수 없던 시간.

거기…… 여기…… 분별은 이미 소용없고, 남은 자와 간 자의 거리 또한 헛웃음만큼도 인정되지 않던 시간.

오현 스님의 다비식 사진은 그렇게 나를 진정한 몰아(沒我) 상태로 데려갔다.

沒我……
자기를 없애버리거나 무시해버린 상태.

마음도 생물이라 늘 살아 뒤척이며 피로를 주는 버거움이 컸었다. 그래서 뜨겁진 않아도 속정 깊은 이들 몇을 남기곤 떠나왔고 떠나보낸 긴 시간, 나를 느껴도 되지 않을 만큼 어느새 주변은 잠잠해졌고 그 안에서 나는 식물처럼 살고 있었다. 그것으로 나는 '나'라는 존재에 대한 의문과 회의, 기대와 순간순간 다그

처지는 열정으로부터 벗어났다고 믿었다.

그런데 바로 어제, 동인들 단톡방이 요란했다. 이십여 명이 서로 수신자와 발신자가 되어 있는 방. 때문에 하루에도 몇 번 씩이나 울려대는 카톡 알림 소리는 이미 익숙했다. 익숙한 만큼 아예 열어보지 않는 날이 점점 늘어갔다. 어느새 서너 명만의 사적 공간이 돼버린 동인 단톡방. 문학에 대한 나눔보다는 그들이 주고받는 신변잡기 일색의 대화에 피로 이상의 불편을 느낀 탓이었다. 단톡방을 나갈까 고민이 깊어진 건 소음과 얽힌 관계에 대해 병적일 만큼 섬약한 나로서는 당연한 수순이었다.

그랬던 내가 왜 동인들 단톡방 창을 열었을까? 분명히 알 수 없는 느낌에 끌려서였다. 과호흡을 하고 있는 임종 환자의 요동치는 가슴처럼 연달아 울리는 카톡 소리. 이미 열 개가 넘는 톡이 들어와 있었다. 오래전부터 사복 승려 같은 생활을 해 오고 있는 선배 시인이 보내온 사진들이었다.

그리고, 보았다. 조계종 원로이신 무산 오현 스님의 다비식 사진! 며칠 전 뉴스를 통해 스님의 입적 소식을 들었을 때 솔직히 스님으로서의 느낌보다는 유명 시조시인으로서의 오현 스님의 자취가 더 가슴 아팠다. 그것도 잠시, 오현 스님은 잊혀졌다. 어머니 돌아가신 후 그 어떤 이의 사망 소식도 오래 나를 슬픔에

　　　　　　　　나는 어떻게 불쑥, 떠오르는 사람이 될까

떨어트려 놓지 않았기에 당연하다고 생각했다.

　사진은 다비식이 진행되는 순차별로 이어져 있었다. 불길이 보였다. 중심을 치고 올라가는 뜨거운 노랑과 그 기둥을 감싸고 있는 타오르는 주황 사이사이, 사람의 넋인 듯 흰빛과 그 모든 색이 합쳐진 검은빛으로 땅과 하늘을 덮은 불길……

　불기둥이 쓰러지자 다시 드러난 하늘, 그래도 큰 봉분을 이루며 타고 있는 재 무덤 안 여전히 타고 있는 불길들……
　마침내 재 무덤도 가라앉고 하얗게 드러누운 백색 세계……
'백색 세계' 이상의 어떤 단어도 찾지 못한 낯설고도 신비로운 어떤 세계를 나는 보았다. 뜨거움도 차가움도, 그의 생도 업적도, 그를 맞아줄 세계도 그를 보낸 이곳도, 있었던 것도 없었던 것도, 도무지 알 수 없는……

　'마음'이 펼쳐지고 있었다.

　무엇이 접혀졌고 무엇이 잘려나간 흔적마저 없는, 분명 나인데도 내가 아닌, 태중의 태아 같은 백색 마음이었다. 가톨릭 신자인 내 무릎이 저절로 꺾이고 두 손이 모아졌다. 나는 한동안 그렇게 엎드려 있었다. 오현 스님의 명복을 빌지도 않았다. 나 자신에 대한 간구는 더더욱 없었다. 그냥 어떤 세계에 이끌리듯 들어와 내가, 내가 아닌 채로, 불길과 재와 고요 속에서 아무것도 없는 몰아를 경험했다.

그러면서 생각했다. 어쩌면 이것이 스님의 마지막 법문이 아닐까? 일체의 몰아 상태에서 마음 세상으로 건너가라는 것! 마음은 더하거나 덜해질 수 있는 게 아니고, 갖거나 잃을 수 있는 것도 아니며, 다치거나 치유될 수 있는 무엇도 아닌, 스스로가 발견하고 그냥 들어가는 것! 들어가서 그냥 함께 사는 것!

찾고 싶은 것이 있는가? 그렇다면 일체의 구속을 버리고 마음을 보라. 버리고 싶은 것이 있는가? 그것도 다른 수를 쓰지 말고 마음의 주머니를 털어내라. 보고 싶은 세상이 있는가? 마음의 화살표를 따라 걸음을 옮겨 보라. 탈출하고 싶은 기억이 있는가? 마음이 모는 방향대로 숨도 쉬지 말고 뛰어가라.

마음세상에서는 '마음'이 법전이다. 오현 스님의 다비식 사진을 본 지 만 하루가 지났다. 백색 마음세상 첫 주민으로서 자칭 타칭 마음 법전을 외운다.

1조 1항, 뜨거울수록 재도 짙다. 다 지나간다. 아무것도 아니다.

나는 어떻게 불쑥, 떠오르는 사람이 될까

1조 2항, 세상에 왔다고 믿지 마라. 언젠가 간다고도 기대 마라. 오고 감은 내가 아니라 시간일 뿐이다.

　1조 3항, 세상 일에 그립고 사무쳐하지 마라. 영원한 그리움도 없고 영원한 사무침도 없다.

후회는 왜 늘 나중에 오나

'후회' 라는 단어가 계속 마음에 머문다. 두 음절로 이루어진 이 단어엔 자음 ㅎ이 한 음절에 하나씩 두 개 들어있다. ㅎ은 한글 자음 열네 개 중 가장 마지막에 온다. 시작하고 겪고 지나가고 그리고 마지막에 오는 게 ㅎ이다.

후회란 그런 것이다. 그래서 아프다. 그래서 괴롭다. 그래서 무섭다.

비슷한 류의 소식을 반복해서 듣게 되는 어떤 시기가 있다. 시차를 두고 띄엄띄엄 뜸하게 들려오는 것이 아니라 모았다가 동시에 전하는 것처럼 계속해서 듣게 되는 어떤 시기가 있다. 소식을 전하는 이들은 서로 친분이 없는 사이, 말 그대로 남남이다. 그런데 내가 듣게 되는 그들의 소식은 친지나 형제가 아닐까 생각될 만큼 같은 일정, 같은 계획을 전한다.

나는 어떻게 불쑥, 떠오르는 사람이 될까

지금이 내겐 그렇다. 천지가 따뜻하게 데워지고 꽃향기 새싹 향기로 그늘조차 환한 봄이어서 일까? 가깝게 지내는 후배부터 그냥 목례 정도 하는 사이인 이웃, 먼 곳에 사는 친구와 일로 알게 된 지인까지 한결같이 전하는 소식.

부모님 모시고 형제들과 여행갈 거라는, 혹은 다녀왔다는 계획 아니면 후일담이 그것이다. 번거롭고 시간 내기도 팍팍하다고, 늘 전화하고 걸핏하면 모이는데 여행까지 가려니 난리도 이런 난리는 없다는 말로 그들의 소식 전하기는 끝난다.

세상이 다시 텅! 빈다. 너무 비어서 숨만 쉬어도 내 숨에 내가 흔들린다. 이 봄, 침 한 방울도 바삭거리며 부서질 만큼 가슴이 갈라터진다. 잘 다녀오라는 인사로, 잘했다는 부추김으로 그들이 전하는 소식에 청취자로서의 예의와 도리는 잊지 않는다. 하지만 속울음이 쌓이는 건, 그 울음 속에 나 홀로 서 있는 쓸쓸한 세상 하나 들어차는 건 어떻게도 밀어낼 재간이 없다. 내겐 애당초 없었거나 이젠 없는 형제와 부모. 그래서 나로선 절대로 불가능한 그들과의 여행.

스물네 살에 결혼으로 어머니 곁을 떠나 서울로 왔다. 멀리 서울과 대구에 떨어져 살며 아이 낳고 키우느라 명절을 포함해 일 년에 고작 서너 번 어머니를 봤다. 결혼 십육 년차에 어머니가 쓰러졌다. 그리고 십육 년, 어머니는 정신은 맑지만 왼쪽 수족이 불편한 환자로, 형제 없는 무남독녀인 나는 그런 어머니의 유일한 보호자로, 지구에서 떨어져나간 외로운 유성처럼 살았다. 그 어머니가 돌아가셨다.

결국, 나는 어머니와 그 흔한 꽃구경 한 번 못 가본 딸이 되고 말았다. 바다를 보고 하늘을 보고 미지의 세상을 보는 여행은커녕 어머니를 태우고 서울 시내 고궁도 한 번 못 가본 딸이 되고 말았다.

병원 입원실 창으로 만개한 꽃과 땅의 그늘을 넓히는 풍성한 버드나무를 보며 봄을 봤다고 느꼈다. 에어컨을 틀어도 땀이 맺히던 같은 병실의 환자들을 보며 여름을 맞았다고 느꼈다. 구름이 유난히도 맑은 하늘과 조금씩 색이 바래가는 창밖 거리의 가로수들을 보며 가을이 왔다고 말했다. 다 털어지지 않은 눈 덮인 외투로 들어서며 겨울이 깊다고 어머니의 동감을 요구했다.

요양원에 모셨다가 서울의 요양병원으로 옮겨, 돌아가실 때까지 어느 집 시집 간 딸들보다도 더 자주 어머니를 보고 함께 한 시간은 많았다. 그러나 고백한다. 나는 긴 병환 중의 어머니를 지키고 연명시키기에 온 시간과 정신을 쏟았다. 어머니를 살아 계시게 해야 한다는 생각은 십육 년이란 긴 시간 동안, 수만 번을 굳은 콘크리트보다도 더 강하고 끈질기게 내 모든 사고를 지배했다. 당연히 그 외의 어떤 것도 생각할 여력은 없었다.

한동안은 그래, 그랬다. 어머니를 부축해줄 형제가 하나만 있으면, 어머니를 붙잡고 아름다운 풍경 아래 서 있으면 사진 찍어줄 형제가 하나만 있으면, 어머니를 두고 잠시 화장실에 다녀오는 동안 어머니를 믿고 맡길 수 있는 형제가 하나만 있으면, 숨 한 번 쉬면 매달 돌아오는 어머니를 지켜내는 경비를 의논할 형제가 하나만 있으면, 아니 그 어떤 것도 아니어도 좋으니 '우리 엄마'라고 부르는 또 한 사람의 형제만 있다면, 그래서 심신이 약해진 어머니 앞에서 함께 너스레를 떨며 어머니를 웃게 할 형제가 하나만 있으면…… 산도 들도 바다도 해외인들 못 갔으랴. 그렇게 내게 형제가 없다는 것에 그 모든 아쉬움을 억지로라도 이겨보려 했다.

그렇게 어머니를 떠나보냈다. 병실에서 창으로만 사계를 보며 그것도 우리 모녀가 함께 보는 세상이라고, 이 또한 어머니와 내가 함께 하는 시간이라고, 나 자신을 억지 충족시켰던 이 세상에 이제는 어머니가 없다.

요양원에 계실 때나, 서울의 요양병원으로 옮겨 오셔서나, 정기 검사나 갑작스런 위중함으로나, 어머니가 급성기 종합병원으로 이송될 때는 많았다. 그때마다 먼 거리가 아닌데도 차에 타는 걸 불편해하셨던 어머니만 생각했다.

병실에서 휠체어를 타고 나와 차에 옮겨 타실 때도 누군가의 도움이 없으면 나 혼자선 불가능한 어머니의 이동 경로. 누구보다도 자존감이 높던 어머니는 허약하고 비쩍 마른 딸이 힘들어하는 걸 무엇보다 애타 하셨다. 당연히 그 마음속엔 자신의 처지에 대한 자존심의 상처 또한 컸을 것이다. 그래서라고 나는 긴 세월 자위했었다. 세상 사람들 전부가 이해할 수 없는 말인지는 모르지만 여행은 어머니를 더 슬프게 하고, 딸인 나에게 미안하다는 말을 달고 사시는 어머니를 더 미안하게 하는 거라고. 그래서 나는 시도할 수도, 실행할 수는 더더욱 없었다고.

오늘 친정어머니를 모시고 강원도로 여행갈 계획을 알리는 후배의 전화를 받았다. 처음엔 자식들 돈 든다고 거절하셨던 어머니가 재차 거듭 청하자 은근히 좋아하시는 것 같다는 말로 후배는 전화를 끊었다.

통화가 끝나고도 핸드폰을 쥔 채로 한참을 거실을 서성이다가

나는 어떻게 불쑥, 떠오르는 사람이 될까

결국 어머니의 영정사진 앞에서 '엄마'를 불러본다. 나름대로는 뒤에 남겨질 후회가 두렵고 겁나서 조금이라도 그 부피를 줄이려고 어머니의 병중 십육 년을 최선을 다하려 발버둥 쳤다. 그런데 시간이 흐를수록 '후회'라는 두꺼운 장막이 어머니 사진 앞에 선 내 마음에 켜켜이 쳐진다.

"엄마, 나는 엄마를 죽으로, 주사와 약으로, 연명하시게 만 해드렸지 품고 가실 추억 하나 못 만들어 드린 참 못난 딸이네요. 가까운데 드라이브 가자고 말이라도 드려볼 걸, 갯벌 생생한 내음 맡게 해 드릴 바다는 못 가도 엎어지면 코 닿을 한강 둔치라도 엄마를 태우고 다녀올 걸, 이름 난 명산은 멀어서 못 가도 가까운 동네 얕은 산 산책로라도 휠체어에 탄 엄마 밀며 이런저런 얘기 들려드릴 걸, 그랬다면 요즘처럼 사람들이 자기 부모랑 여행 간다고 할 때, 먼 곳은 아니지만 나도 엄마랑 어디어디 다녔다고 말하며 그때 본 엄마의 표정과 눈빛 기억해낼 텐데……"

후회는 왜 늘 나중에 오는가. 왜 먼저 오는 법이 없는가. 그리움은 왜 늘 사라지고야 그 속내를 드러내는가. 간절함은 왜 늘 잃고서야 확산에 가속이 붙는가.

딸들과 여행을 떠나게 될 후배의 어머니에게, 좋은 추억으로

꼭 차 오시라는 인사와 함께 많진 않지만 노자를 챙겨드려야겠
다는 생각이 든다. 내 작은 관심과 정성이 사랑하는 후배의 어머
니께 추억의 귀퉁이라도 따뜻하게 데워드릴 수 있다면, 훗날 어
머니를 추억하는 후배의 마음 또한 덜 춥지 않을까해서다.

그리움 간수하는 법

가을이다. 가을…… 유음으로 끝나는 받침 ㄹ때문인지 모든 것이 흘러간다. 종착지는 역시 지나간 것들이다. 지나가고 지나온 것들, 사람과 장소와 그때의 시간들…… 그리움이란 이름으로 덜컥! 사람들은 가을을 맞는다. 덜컥! 기억을 소환해낸다. 옛사랑이란 부제가 가을이란 제목보다 그 부피를 늘여 마음이 원고지가 된다.

옛사랑을 끌어내 들여다보고 만지고 그러다가 울고 웃는 사람들이 많아지는 계절. 전설처럼 아득하고 전설처럼 비현실적인 기억 속에서 여자는 백이면 백 전부 줄리엣이고, 남자는 백이면 백 로미오다. 죽을 만치 사랑했다고 한다. 죽지 않고 살아 있는 사람들이 말이다. 저만치서 오고 있는 한 해에 숫자가 늘어날 나이는 그런 거짓말을 또 용서해준다.

그런데, 그런데 말이다. 기억은 암기력과는 다르다는 걸 그대들은 아는가. 국사와 세계사를 배우며 연도와 왕들의 이름과 당시의 사건사고를 외웠던 암기력은 세월이 지나면서 잊혀지긴 해도 다른 걸로 왜곡되지는 않는다. 외웠던 걸 잊어버리긴 해도 개인의 각색은 침범할 수 없다는 말이다.

그러나, 기억은 어떤가. 특히 사랑의 기억은 어떤가. 그때 그 시간의 주체는 나인데도 상상과 바람과 안타까움이 시간 속에서 자신이 간직하고 싶은 대로 미화되고 확대되어지는 것이 태반이다.

가을이면 나이 든 로미오와 줄리엣이 많아지는 이유다.

그 사람이 그립니? 물으면 그 시간이 그립다고 누군가가 대답한다.
그때가 그립니? 물으면 그 사람이 그립다고 또 누군가는 대답한다.
그때와 그 사람이 그립니? 물으면 누군가는 침묵하고, 누군가는 한숨을, 또 누군가는 고개를 젓다가 알 듯 말 듯 수수께끼 같은 눈빛이 된다.

그립다는 감정엔 너도나도 공감하고 빠져들면서도, 무엇이 그리운가에 대해선 확신이 없는 것이다. 지나간 것은 그렇게 모호

나는 어떻게 불쑥, 떠오르는 사람이 될까

해진다. 뼈저렸던 그 무엇도 통증이 사라진 흉터처럼 본래의 자리와는 다른 모양이 되는 게 지나간 것들이다. 모호해서 추상 단어 그리움이 되는 것이다.

그렇지 않은가. 현재 만질 수 있거나 미래에 가질 수 있는 것이라면 사람들은 굳이 처연하고도 숙연한 '그리움'을 말하지 않는다. '과거'의 것, 그래서, 이미 상실된 그 무엇에 대해 느낄 수밖에 없는 미화된 기억으로 그리움이 소환된다.

오늘, 비가 내렸다. 10월로 접어들자마자 내리는 비를 보고 있는데, 마음이 싸해지며 갈피를 못 잡는 발걸음에 자꾸 몸이 기우뚱한다. 이 비가 끝나면 다음 주부터는 추워질 것이라는 기상예보. 추위가 오니 부실해지는 마음 다잡으라는 경고로 들린다. 허약해지는 감정에 겹겹이 껴입을 옷을 준비하라고 말이다.

빗속에서 친구의 전화를 받는다. 나이가 들어가니 그리운 게 왜 이렇게 많냐고, 이 가을비는 또 왜 내려서 사람을 산발한 그리움에 떨게 하냐고, 너는 어떠냐고, 그녀가 묻는다. 답을 바라는 질문이 아니라 자기가 이렇다고 늘어놓고 있는 것이다.

"내가 그리워. 나는."

제발 부연하지 않아도 친구가 내 말 뜻을 알아주길 정말 간절히 바라며 나는 다시 한 번 또박또박 말한다.

"내가 그립다고. 나는."

보지 않아도 친구의 눈이 빨갛게 젖는 게 느껴진다. 폰을 덮으며 나는 세 번째로 내 안에 우겨넣듯이 그 말을 다시 했다.

"내가 그립다. 나는."

주체가 나라서 진짜 그리운 내가 나는 오늘 보였다. 그리운 게 '나'여서, 진짜 난공불락인 그리움이 찾아왔다. 각색도 미화도 편집도 불가한 나. 여기까지 세상길을 걸어와 지금의 내가 되어 있는 내가 그리운 10월, 비 오는 날이다.

나는 어떻게 불쑥, 떠오르는 사람이 될까

열렬한 사랑, 그래서 당신은 행복했습니까?

글쎄······

아니······

모르겠어······

    기대한 건 아니지만 이렇게 단 한 명도 응, 이나 고개를 끄덕이는 사람이 없을 줄은 몰랐다. 정오의 태양 같은, 한밤중 만월 같은 사랑을 묻고 있는데 말이다. 그것도 '열렬한'이라는 대단한 사랑을 묻는데, 사람들의 얼굴에선 해도 달도 보이지 않는다. 새벽녘에 꺼지는 별빛처럼 가물거리는 눈빛들 속으로 그들이 겪었을 외로움과 불안감, 손에 잡히지 않는 바람이 순간 들어찬다.

미쳤었지.

숨이 안 쉬어 졌다니까?

세상이 안 보였어.

그래서 당신, 아팠구나…… 심장은 발화점을 넘긴 온도로 터질 것 같은데 당신은, 추웠구나…… 움켜쥐고 몰입해도 허전한 시간은 당신을 덮치고, 사랑이 주는 최고점을 걸터앉고 있어도 미끄러져 내리는 가슴속 빙벽은 너무 가팔랐구나.

행복하진 않았던 것 같아.
늘 허기가 졌어.
그래, 지금 생각해보면 가장 불행했던 시기였어.

과거형이 이어진다. 옛 시간을 호출한다는 건 정직해질 수 있는 자신감을 부여받는 일이다. 자기최면을 걸면서까지 열렬함에 당위성을 가지려 애썼던 자신으로부터 현재의 내가 과거의 나에게 하는 정직한 고백이다. 가장 미화된 행복으로 재회해야 할 옛 사랑이 미치고, 숨이 안 쉬어지며 세상이 안 보인 불행이었다고, 열렬해서 불안했고, 열렬해서 늘 조마조마 불에 덴 사람처럼 온 영혼이 화상 투성이였다고, 당신은 고백한다.

그래, 그럴지도 모르겠다. 사랑은 기분 좋은 포만감과 안락감을 주지만, 너무 열렬한 혹은 열렬했던 사랑은 결핍을 동반하지 않나. 어디 결핍뿐인가. 상대에게 몰입되면 그 부피만큼 자신은 왜소해지고 세상은 또 그만큼 황량함이 들어차 쓸쓸하지 않는가.

　　　　　　나는 어떻게 불쑥, 떠오르는 사람이 될까

열렬하다는 건 허무를 동반한다. 그래서 열렬한 사랑을 했다는 당신은 온몸이 깜깜했던 기억으로 그때의 시간과 조우한다.

세상이 안 보인 그런 열렬함을 겪고, 지나와서 다시 불러내보는 사랑, 그러나, 그랬기 때문에 오늘 당신은 아름답다. 그 마음 넉넉하여 이젠 허기로부터도 놓여났다. 그 미소, 환하지는 않아도 따뜻하고 조용하다. 열광의 순간이 끝나고야 오랜 여운이 되어 찾아오는 진짜 감동처럼 당신 지금, 그 사랑이 남긴 여진 속에 있구나. 여진 속에서 그때 당신을 만나는구나.

열렬한 사랑을 한 당신,
설혹 그것이 비현실적이며, 백 일 불면처럼 날카롭고, 파도파도 나오지 않는 우물처럼 암담한 시간이었다고 해도, 당신은 행운아다. 지금 당신이 말하는 불행은 어쩌면 죽고 싶을 만큼 행복했다는 역설일 수도 있기 때문이다.

살면서 열광의 순간과 몇 번이나 만났는가. 그 후로도 열렬한 사랑이 또 쉽게 오던가. 미치고 숨이 안 쉬어지고 세상이 안 보이는 사랑의 기억을 갖고 있는 사람, 당신은 잘 산 사람이다. 사랑은 결국 자기애와 직결되는 속성을 갖고 있지 않은가. 당신은 당신 자신에게 열광할 줄 아는 사람, 행복해도 좋다.

못하는 것과 안 하는 것

　나이 들면서 '안' 하는 게 많아진다. 극소수의 몇 외엔 전화도 안 하고 역시 극소수의 모임 외엔 외출도 안 한다. 마음이 주춤 거려지면서도 안부를 물어야 할 것 같아 전화도 하고, 오랜 친분 의 의무로 이런저런 모임도 나갔는데, 언제부턴가 안 하는 게 내 가 나에게 솔직한 것 같아 편안하다.

　싫은 소릴 못해서, 참는 게 나을 것 같아서 못했던 많은 것들 을 이젠 무엇무엇을 못해서가 아니라 안 하고 싶어서 안 한다.

　못한다는 건 수동이다. 반면에 안 한다는 건 능동이다. 못한다 는 건 남이 우선되는 거지만, 안 한다는 건 내가 우선이다. 못한 다는 것엔 그것을 못하게 하는 타자가 존재한다. 인연과 도리가 거기에 속한다. 이러저러한 인연이라서, 이러저러한 도리상 거 절도 못하고, 외면도 못한다. 그러나 안 한다는 것엔 그것을 안 하는 주체가 바로 나다. 내가 하기 싫어서, 내가 안 나가고 싶어서, 내가 안 보고 싶어서……

그래서 요즘 나는 이제야 겨우 직립한 인간 같다는 생각을 많이 한다. 꼿꼿하게 직립해서 내가 나에게 집중하는 시간이 많아진다. 내가 좋아하는 게 뭔지, 불편하거나 싫은 게 뭔지를 아는 일은 간단했다. '하고' 싶은 것과 '안' 하고 싶은 것, 안 하고 싶은데 안 한다는 말을 '못' 해서 하고 있었던 것이 그것이다.

살아오는 동안 나 자신의 호불호보다는 그냥 익숙함에 길들여졌던 것들이 생각보다 너무도 많게 '안' 하는 것으로 편입된다. 그러자 그 '안' 하고 싶은 것들을 참 많이도 하고 살아왔다는 기막힘이 앞에 선다. 특히 감정이 드러날 수밖에 없는 '말'이 제일 먼저 지천에 깔린다. 의견이 같지 않은데도 좋은 게 좋다는 비겁함으로 못한 말이 너무 많다. 그러자 마음이 너무 가난해진다.

'안' 하는 거라고 처음부터 내 자존을 세웠으면 내가 나한테 당당했을 많은 것들이, '못' 했다로 스스로의 주관을 무너뜨렸기 때문에 내가 나를 초라하게 만들었구나. 안 한 것도 사실 못한 거면서 동기와 과정과 결과까지도 내가 아닌 타자로 몰아버렸구나.

나를 먼저 생각했으면 안 한다고 했을 것들이 상대의 입장과 상황이 먼저 걸렸던 나는, 그래서 못한 말 무덤에 갇혔구나.

그렇다면 못했다고 여겼던 것들을 안 했다로 인식을 바꾸면 어떨까? 못한 거나 안한 거나 내 의지가 작동된 것이라는 건 분명하지 않은가.

그래서 요즘 나는 집에 있을 때면 안방과 서재와 옷방, 거실과 주방과 베란다를 들락거리며 내 귀가 쩌렁쩌렁하도록 소리를 지른다.

못한 것도 결국 안 한 거야.

당신들을 생각해서 못한 게 아니라 내가 안 한 거라고!

내가 안 하면서 못했다고 우긴 거야. 못했다고 해야 억울한 진원지가 내가 안 될 수 있으니까.

내 자리를 찾은 것처럼 편안해진다. 잃었던 나를 다시 만난 요즘이다.

나는 어떻게 불쑥, 떠오르는 사람이 될까

낙엽이 아름다운 건
저절로 떨어지기 때문이다

막막함의 끝

비틀린 헛꿈

불안과 두려움과 공포가 마지막에 쏘아올린

환각의 마천루

그때 본 당신!

설산 같은 이마와

우물 같은 눈빛과

철거촌 밤 같은 가슴으로

천 년 미라의 꿈을 갖게 한

그때 당신!

당신을 만난 일은

수척한 시간에 수액을 삼키듯
푸석한 모세혈관에 입김 불어넣듯
따뜻한 사람 체온으로 되돌아오는 것
당신은
낭떠러지 앞 같은 살아갈 시간에
들풀 만발한 꽃밭

이었다

신기루……
몸과 마음의 온도차가 끌어온 찰나의 풍경……

사라지지 않으면 신기루가 아니다
그때도 지금도 나는 당신 앞에 있는데
보이지 않구나
촛농처럼 짙은 눈물 너머로 본

헛것……

나는 당신을 만난 적이 없구나

— 서석화 詩 〈신기루〉 전문

　　　　　　　나는 어떻게 불쑥, 떠오르는 사람이 될까

돌아가야 할 때, 헤어져야 할 때, 침묵해야 할 때, 세상은 이토록 명징한데 온 적도, 만난 적도, 서로의 목소리를 들은 적도, 없었던 것 같은 비현실적인 순간을 우리는 언젠가 닥칠 이별이라 말한다. 이 시는 그래서 쓰였다.

　모든 있었던 일이 정말 있었을까? 의심하고 되묻고 확인하는 버릇이 생긴 이유다. 내가 만났던 사람들, 정말 내가 만났었던 게 맞는 걸까? 내가 가본 곳들, 정말 내가 거기 갔었을까? 내가 바라보고 있는 하늘, 저 푸른 허공이 정말 하늘일까? 내가 넉 잔째 마시고 있는 커피, 나는 진짜 이 맛을 좋아하는 걸까?

　애매하고 모호한 질문들이 덜 마른 벽지처럼 울퉁불퉁 튕겨져 나오던 어느 해 가을 11월 오후, 불현듯 심장에 천 개의 계단이 세워지며 아득한 조바심이 울음을 밀어올렸다. 햇살이 쨍할 만치 투명하게 빛났던 날이었다.

　자기는 이런 날, 햇살이 유리보다 투명해 감춰둔 속내까지 훤히 비치는 대낮에 죽고 싶다고 친구 P는 말했다. 그때 나는 그 말을 듣자마자 아마 이런 생각이 들었던 것 같다. 오래전 일이라 기억의 오류는 분명 있을 것이다.

'그럼 네 친구인 나는 이런 햇살이 쨍한 11월 대낮에는 하루쯤 시간을 비워놔야 겠네. 네가 파묻었을지도 모르는 까만 돌무덤의 시간들 선잠 깨우듯 부스스 떠올라 내 가슴 먹먹하게 데울지도 모르겠어. 약풀 같은 가을 냄새 돌아간 너 닮았다 혼잣말을 하다가 서럽게 울지도 몰라. 어쩌면 종일 쌍욕이 나오고 피 터지는 싸움이 간절해질 수도 있겠지.'

P가 농담처럼 한 말이라 대중가요 가사처럼 감성에 젖은 생각이었다. 생각이 이어지는데 P가 전혀 웃지 않는 얼굴로 툭, 한마디 더 내뱉었다.

"그날만큼은 꼭 한 사람, 외롭게 있어줬으면 좋겠어."

나는 또 농담으로 받았다. 그럴 수밖에 없는 것이 밝고 쾌활한 데다 웃음까지 헤플 만치 많아 개그맨으로 불리던 친구였기 때문이었다.

"나, 내가 그렇게. 외롭게, 무지무지 외롭게 있어 줄게."

그리고 일 년 뒤 11월, 나는 그녀의 부음을 들었다. 스스로 결정한 이별이라고 했다. 온 거리에 떨어진 은행잎들이 뒹구는 날이었다. 제멋대로 우리에게 마침표 팻말을 안겨준 그녀에게 우리는 누구 할 것 없이 은행잎을 쓸어 모아 뿌려주었다.

일 년 전 생각의 마무리 문장이 생각난 건 그때였다.

'P야, 낙엽이 아름다운 건 저절로 떨어지기 때문이야. 왜 너는 그러질 못했니?'

저물어야 다시 오는 것들

    일 년 열두 달 중 두 달은 어떤 말이 자욱한 시간을 산다. 끝과 시작이 함께 있는 말, 아쉬움과 기대가 동시에 찾아오는 말, 후회와 다짐으로 하루를 한 시간쯤 더 살게 하는 말. 바로 '연말연시'다. 시간이 주제요 소재이며 행간의 의미까지도 포획하는 말, 그래서 달력과 시계를 그 어느 때보다도 많이 보게 하는 말, 나이 불문, 국적 불문, 성별 불문으로 자기를 자기답게 바라보게 하는 말, 일 년 치의 온정과 일 년 치의 희망을 주고받을 수 있는 선하디 선한 말.

    시간은 나이에 비례해 그 속도를 달리해서 지나간다는 말이 있다. 20대에는 시속 20킬로, 30대에는 시속 30킬로, 40대에는 시속 40킬로, 50대에는 시속 50킬로, 60대에는 시속 60킬로로 다가오고 지나간다는 말이다. 맞는 말이다. 아직 살아보지는 못했지만 그간의 경험으로 보자면 70대에는 시속 70킬로, 80대에는 신호등이 없는 도시 외곽 도로나 고속도로에서나 가능한 시속 80킬로로 시간은 나를 지나갈 것이다.

해가 바뀌고 나는 이제 육십 대로 덜컥 진입했다. 50킬로로 나를 스쳐갔던 시간은 이제 그 속도를 60킬로를 향해 더 낼 것이다. 차를 몰고 서울 시내를 운전해보면 번잡한 도로 사정에 시속 40킬로로 가는 것도 쉬운 일이 아니란 걸 안다. 그런데 시속 60킬로로 시간이 나를 지나간다니…… 이미 나는, 내 나이는, 도심이 아니라 한적한 외길이나 다른 지역으로 건너가는 고속도로로 접어든 것이다.

사실 40대 때까지는 듣기는 했지만 실감은 하지 못했었다. 초중고 대학을 졸업할 때까지는 '나'라는 존재에 대한 의문과 불안으로 하루가 천 일 같았고, 결혼 후 40대 때까지는 아이의 숨소리 발소리까지 온몸으로 담는 엄마로서의 하루가 늘 길었다. 더구나 30대 초반에 등단 후 시집과 에세이집, 소설, 공동 집필 등 글과의 끊임없는 대적을 하느라 나 좋아서 하는 일인데도 늘 푸념을 했었다. '자고 나면 누가 나에게 오늘이 너의 환갑이야라고 말해 줬으면 좋겠다'고 말이다. 돌이켜보면 얼마나 치기 어린 생각이요 배부른 소리였는가. 얼마나 시간에 오만했으며 시간 위에 군림하고자 했던가.

그런데 50대, 정확히는 내 나이 쉰여섯, 어머니가 돌아가신 후부터 내겐 나도 알 수 없는 버릇이 생겼다. 새벽에 눈 뜰 때마다 가장 먼저 날짜와 시간을 불러보는 게 그것이다. 나는 어머니의 세상 떠남을 선포하는 의사의 사망선고를 지금도 그 목소리의 결까지 기억하고 있다. 의사는 날짜와 시간을 말했었다. 이천십육 년 팔월 칠일 오후 네 시 사십 분……

크든 작든 의미가 새겨지는 수많은 시간을 살아왔고 또 살아가야 할 내 앞에 던져진 의사의 목소리. 내 어머니가 이제 산 사람이 아니라는 걸 증명하는 그 날짜와 시간을 들으며 나는 비로소 시간이 무서워지기 시작했다. 그날 오후 네 시 삼십구 분 오십구 초까지는 산 사람이었던 어머니가 일 초 사이에 죽은 사람이 됐다는 걸 무슨 수로 받아들일 수 있는가. 일 초가 생사를 오가는 결정적인 시간일 수도 있다는 것에 대한 실감은 어머니가 없는 시간을 사는 동안 삶에 대한 경외감으로 이어졌다.

하루에도 몇 번씩 시간을 확인하고 내쉬는 숨을 느끼는 동안 동행하는 모든 것이 귀하고 애틋했고, 저물고 있는 나이에 비례해 쏜살같이 지나가는 시간을 선하게 배웅하고자 하는 배려도 어느덧 몸에 익었다.

나는 어떻게 불쑥, 떠오르는 사람이 될까

아이가 대학을 졸업하고 군대를 다녀왔으며 졸업 후 취업하고 결혼한 지 3년, 어마어마하게 경이롭고 신비한 세상인 손자까지 본 이즈음, 알람 소리에 맞춰 눈을 뜨면 침대에 누운 채로 가장 먼저 나는 오늘 날짜와 현재 시간을 소리 내어 불러본다.

새벽만이 아니다. 어떤 날은 수십 번씩 시계와 마주칠 때마다 시간을 불러본다. 오늘 아침에도 그랬었다. 이천이십이 년 일월 삼일 오전 여섯 시…… 이 글을 쓰고 있는 지금도 커피를 끓이러 주방으로 가다가 시계 앞에 서서 시간을 부른다. 이천이십이 년 일월 삼일 오후 열두 시 오십이 분…… 새벽에 내가 부른 시간에서 벌써 여섯 시간이나 지나간 시간이 내 앞에 선다. 시속 육십 킬로의 속도로 시간은 나를 지나간 것이다.

창밖을 본다. 건너편 동에서 창문을 열고 이불을 터는 여자의 모습이 보인다. 털려나가는 먼지만큼 저 여자의 시간도 지나가고 있으리라. 멀어서 여자의 나이는 짐작이 안 되지만 시간은 공평한 속도로 왔다 가리라.

그저 그렇고 그런 날을 살고 있는 것 같은가. 도무지 탁, 쏘는 일이 없이 어제도 오늘 같고 오늘도 오늘 같다며 지루해하고 있는가. 해 뜨면 아침이고 해 지면 저녁이겠지 하며 날짜도 시간도 잊어버리고 도 튼 사람마냥 느슨해져 있는가.

아니다. 왔다 가기 때문에 늘 새로운 게 시간이다. 저물어야 다시 오는 게 시간이다. 저 건너편 동의 여자만 봐도 이불을 털러 나왔던 시간과 털고 들어가는 시간은 분명 다르다. 먼지가 털려 나가 보송보송해진 이불이 시간의 흐름을 증명하지 않는가.

꽃은 져야 또 핀다. 가을의 낙엽은 새봄의 푸름을 예고하는 메신저다. 일몰은 일출을 담보로 한다. 사람도 마찬가지 아닐까? 나고 살고 죽고 그 자리에 기적처럼 또 다른 생명이 그 몫의 삶을 이어간다. 내 어머니가 물려준 시간을 내가 살아가며 이어가듯이 언젠가 내가 떠난 시간도 내 아들은 살아가며 내 손자가 또 이어갈 것이다. 저물지 않으면, 사라지지 않으면, 귀한 것이 아니다. 저물기 때문에, 언젠가는 사라지기 때문에 귀하고 감사해야 할 것들이 얼마나 많은가.

많은 덕담과 축복이 오가는 새해 첫 달이다. 그전에 우리는 따뜻한 위로와 격려를 한꺼번에 퍼부었던 연말을 지나왔다. 저무는 한 해를 견뎌 다시 온 새해를 맞은 것이다.

나이가 들고 시간이 속도를 내는 것 같은가. 그렇게 든 나이만

나는 어떻게 불쑥, 떠오르는 사람이 될까

큼, 그렇게 속도를 내며 지나간 시간만큼, 우리는 세상에 와서 많은 일을 해냈다. 나이를 먹지 않았으면, 시간이 지나가지 않고 멈춘 것이었다면, 그것이야말로 삶에서 종신형의 형벌이 아닐까 하는 생각을 한다.

이제, 다가오는 시간은 도시 외곽도로를 그리고 뻥 뚫린 고속 도로를 60, 70, 80킬로로 힘차게 질주할 것이다. 주저되고 염려 되는 일도 속도에 밀려 줄어들 것이고, 정체에 막혀 분노하거나 옆길로 빠져 돌아갈 꼼수를 찾지 않아도 그냥 나를 데려다주게 길은 넓고 시원하리라. 십 대와 이십 대 그리고 삼사십 대에 시 간의 속도가 늦은 건 그만큼 그 나이에는 할 일이 많고 해야 할 의무가 많기 때문이라는 생각을 한다. 반대로 나이가 들수록 시 간의 속도도 빠른 건 할 일과 의무로 정체되었던 많은 일들이 빠 져나갔기 때문이라는 생각도 한다. 자, 그렇다면 시간의 속도가 빨라지는 걸 우리는 슬퍼할 이유가 없다.

새해다.
저무는 해를 지켜봤는데 해는 분명 다시 떴다. 아파트 마당의 나무들도 곧 다시 울창해질 것이다.
지금은 이천이십이 년 일월 삼일 오후 세 시 삼십일 분이다.

이별은, 헤어진 게 맞다

"당신들은… 죽을 만큼 서로 사랑했거나, 처음부터 사랑이 아니었거나…… 우리가 사랑이라고 믿고 있는 것, 아니 사랑했다고 말하고 있는 것. 그게 진짜일까…… 그런 생각 한 적 없어요?"

내 말은 거기서 멈춰졌다. 빤히 쳐다보던 그녀가, 숨도 안 쉬는 듯 미동도 없던 그녀가, 벌떡 일어났기 때문이었다. 자신이 앉았던 의자를 당겼다 밀었다 하는 그녀의 손등 위로 푸른 핏줄이 불거지고 있는 게 보였다.

그녀와 눈이 맞부딪쳤다. 사람의 분노가 가장 극명하게 드러나는 신체 부위가 눈이구나…… 화산도 사막도 저 눈보다는 덜 뜨겁고 덜 황량하리라. 밀쳐두었던 물컵을 당겨 물을 마시는데 삭아 내리는 오래된 집처럼 그녀가 주저앉았다.

나는 어떻게 불쑥, 떠오르는 사람이 될까

어쩌면 돌이킬 수 없는 상처를 줄 수도 있었다. 그거 모르지 않았다. 한 사람의 사랑에 간섭을 저지르는 자리, 내가 원한 자리도, 내가 허락한 자리도 아니었다. 내 시를 좋아하고 내 산문을 좋아하는 독자라며 수년째 연락해오는 그녀를 내칠 수만은 없어서 마주 앉은 터였다. 그녀의 사랑 이야기는 심한 몸살기처럼 불편했다.

이별 후에도 현재의 사랑으로 싸안고 있는 그녀의 마음이 너무 대책 없어서,

이제는 완벽한 남남이라며 곁눈질로도 봐주지 않는다는 그녀의 남자에게 화가 나서,

대책 없고 화는 나는데 그녀가 이해되고 있는 나에게 어이없어서.

"헤어졌어요. 그래요. 헤어지자고 제가 말했고 죽을 힘을 다해 그를 밀쳐냈어요. 만나는 내내 기우는 시소였어요. 저를 예뻐하는 것 같기는 한데 사랑받는다는 느낌은…… 더구나 보호받고 있다는 느낌은…… 없었어요. 우리 엄마가 그러더라구요. 예뻐하는데 위할 줄 모른다면 그건 사랑이 아니라고. 그런데 제가 헤어질 수 없다는 거 알게 됐어요. 아니, 진짜 헤어지게 될 줄 몰랐다는 게 맞겠네요. 제가 자기를 얼마나 사랑하는지 분명히 알 텐데……

그는 미련조차 1도 없는 것 같아요. 어떻게 그럴 수 있죠?"

"헤어졌으니까!"

"우린 헤어질 수 없다니까요?"

"우리가 아니라 당신이 헤어질 수 없는 거죠."

찌푸려지는 인상을 억지로 펴는데 기어코 온몸에 열감이 돈다.

"그는 지금 화가 나 있는 것 같아요. 우리가 흔해빠진 남들처럼 흔해빠진 이별을 했다는 게 용납이 안 되는 거예요. 제가 헤어지자고 말한 거 자체가 용서가 안 되는 거죠. 저 그거 이해돼요. 그는 지금 제게 화가 나 있는 거예요. 때문에 제가 미운 거고 미워서 저 벌주고 있는 거예요. 선생님도 사랑해보셨을 거 아니에요?"

이별했다는 여자가, 추억 속 열정을 이별할 수 없는 이유로, 나아가 이별이 아니란 뒤엎음으로 몰고 가는 걸 보는 게 지루하고도 아팠다. 마음에 수많은 말이 들어찼다.

'그래, 누가 더 많이 사랑했건 사랑이라고 하자. 하지만, 당신들은 이미 오래전에 이별한 사람들이다. 당신들이 사랑한 시간은 이미 지나간 시간이며, 그 사람도 당신도 서로에겐 이미 지나

나는 어떻게 불쑥, 떠오르는 사람이 될까

간 사람들이다. 사랑은 두 사람이 함께, 같은, 시간을 사는 것 아니는가. 당신이 현재로 붙잡고 있는 게 그 사람에겐 과거라는 거 정말 당신은 모르나? 어쩌면 당신은 이제 그에게 타인 중에서도 가장 먼, 타인일지도 모른다……'

이런 생각의 끝에서 내뱉은 말이었다. 사방으로 흩어져 쓸려 가는 폐지 더미 같은 그녀의 목소리가 들렸다. 눈은 이미 물기에 젖어 울 것 같은데 표정은 곧은 계단처럼 절도 있었다.

"그래, 그게 맞겠네요. 그러면 설명이 되네요. 처음부터 그 사람은 사랑이 아니었을 수도 있다는 생각, 왜 한 번도 못했을까요? 그는 제가 이별을 말하자 두 번 생각도 안 하고 성큼 수락했어요. 그리곤 한 번도 뒤돌아보지 않았어요. 우리가 사랑한 게 맞다면, 그렇게도 빨리 제 손을 놓을 수 있나요? 돌아서지 못하고 있는 제가 안쓰러워서라도 그렇게 단숨에 남남이 될 수 있나요? 저는 아직, 여기 그대로 있는데…… 더 오래, 더 많이 사랑하는 사람이 저여서 다행이네요."

나는 더 이상 그 자리에 머물지 않았다. 그녀를 두고 나오며 미처 못한 말을 결국 또박또박 그녀의 가슴에 박았을 뿐이다. 가장 해주고 싶은 말이었으나 나로선 절대 하고 싶지 않은 말이었는데 말이다.

"사랑이었다 해도 당신들은 헤어졌고, 사랑이 아니었다 해도 적어도 당신은, 이렇게 그 시간에 연연해하며 울고 있는 당신은 그를 사랑한 거고, 그러나 이별한 당신은 이제 어떤 식으로든 그를 당신의 시간에 옛 모습 그대로 초대할 수는 없어요. 그게 이별이니까!"

한쪽이 아무리 잡고 있어도, 한쪽이 아무리 너와 나를 '우리'라고 우겨도,

이별은, 헤어진 게 맞다!

나는 어떻게 불쑥, 떠오르는 사람이 될까